El año sin verano

Novela

Carlos del Amor

El año sin verano

ESPASA

El papel utilizado para la impresión de este libro es cien por cien libre de cloro y está calificado como **papel ecológico**.

Avinguda Diagonal, 662, 6.ª planta. 08034 Barcelona (España)
www.espasa.com
www.planetadelibros.com

Adaptación de la cubierta: Booket / Área Editorial Grupo Planeta a partir de la idea original de masgrafica.com
Ilustraciones del interior: © Coco Dávez, 2015
Imagen del interior (página 55): © Album / Museo del Prado, Madrid, España
Fotografía del autor: © Carlos Herraiz
Primera edición en Colección Booket: marzo de 2016

Depósito legal: B. 1.227-2016
ISBN: 978-84-670-4642-7
Impresión y encuadernación: CPI (Barcelona)
Printed in Spain - Impreso en España

Biografía

Carlos del Amor (Murcia, 1974) es periodista y su carrera profesional está vinculada al área de Cultura de los Servicios Informativos de RTVE. Su especial manera de enfocar la información en el *Telediario* le ha convertido en una de las voces más personales, reconocibles y seguidas del panorama periodístico. Colaborador habitual en diversos programas de radio, ha cubierto los principales festivales de cine del mundo y entrevistado a numerosas personalidades de la cultura. Asimismo, ha publicado artículos en diferentes revistas, e imparte clases y charlas en universidades. Es un contador de historias. Y así lo ha demostrado tanto en *La vida a veces* como en *El año sin verano*.

A Martín,
mi mejor historia.

Después de la verdad
nada hay tan bello como la ficción.
ANTONIO MACHADO

En mayo de ese año un meteorólogo francés alertó a la población afirmando, sin dejar resquicio a la duda, que ese verano no habría verano. El parte que se emitió decía lo siguiente:

Tras analizar diversas variantes, los cálculos apuntan a la persistencia de un frío anómalo durante los tres meses de verano (junio, julio y agosto), con precipitaciones abundantes. Las temperaturas podrán ser entre dos y tres grados inferiores a lo normal. Este es el escenario medio que se dibuja para este trimestre, que también tendrá picos de calor puntuales.

El último no verano había acaecido en 1816. Si uno echa un vistazo rápido a lo que sucedió aquel año, comprobará que no pasó nada extraordinario: 1816 fue bisiesto, comenzó un lunes y, salvo que un día de esos trescientos sesenta y seis se hizo la primera fotografía, no destacó por ser un año especialmente llamativo, con la excepción de que a la primavera le siguió el invierno y que a ese fenómeno le debemos, en cierto modo, haber pasado miedo mucho tiempo después. En 1816, lord Byron y una Mary Shelley de 19 años, entre otros, pasaban sus vacaciones en Villa Diodati, Suiza. El verano no acudió a su cita por la erupción del Tambora, y el frío y la lluvia provocaron que apenas pudieran salir de la mansión. Para pasar el rato, Byron retó a los huéspedes a que escribieran relatos de terror. El de Mary Shelley fue el germen de *Frankenstein*.

La primera entrada que se encuentra en internet al teclear esa fecha señala que fue «el año sin verano», también conocido como «año de pobreza», «el verano que nunca fue», «el año que no tuvo verano» o «mil ochocientos... y helados a muerte».

2013 se presentaba de esa manera cuando el canal Météo francés hizo el anuncio. En ese momento, yo estaba en un apartamento en Cannes haciendo la maleta después de cubrir para televisión una edición más del festival de cine. Llovía, llovía con rabia, como lo había hecho diez de los quince días del evento. Un festival de cine con lluvia es como un año sin verano: le falta alegría, le falta brillo, le falta color. Ganó la película *La vida de Adèle* y en el palmarés final aparecía *Like father, like son*, un filme japonés que cuenta la historia de dos niños que son cambiados al nacer y dejan el hospital con los padres equivocados.

La paternidad y la relación con los progenitores bajo el prisma de la cultura nipona, tan poco dada a emociones públicas. Yo entonces no lo sabía, pero poco tiempo después mi vida iba a cambiar en sentidos parecidos a los expresados por esa película.

Durante un verano que supuestamente no debió existir, y que de alguna manera no existió para mí, murió mi padre y supe que iba a ser padre.

Estos dos acontecimientos, coincidentes en el tiempo, sucedieron mientras se suponía que iba a empezar a escribir mi segundo libro. El primero, un conjunto de relatos, había sido una especie de prueba para ver si había madera que arrojar al mundo editorial o me quedaba en el clásico escritor de un solo libro, cosa que, por otra parte, nunca había soñado hacer. Con la editorial ya estaba pactada, al menos de palabra, una novela; eso sí, ni firmamos un contrato ni había fecha de entrega, con lo cual la presión era menor. Aun así, ya me veía, como describía de forma exagerada en el prólogo de mi debut literario, no cogiendo el teléfono a mis editoras.

Las vacaciones de ese verano estaban reservadas para escribir, para seguir una disciplina más o menos férrea y comenzar con un armazón firme que luego pudiese desarrollar; sin embargo, no hubo manera, me era imposible encontrar un hueco para ponerme a ello.

Mi padre ya estaba enfermo, pero no como para morirse. Y ese «no como para» es lo que nos dejó descolocados. Un mensaje de mi hermano me advirtió de que se había puesto muy malo. No supe de verdad lo que significaba «ponerse muy malo» hasta que entré en la habitación de la casa de mi padre y supe que «muy malo» es sinónimo de estar muriéndote.

No están hechos los veranos para morirse, ni las casas de vacaciones tienen la infraestructura necesaria ni la solemnidad suficiente para convertirse en lugares de últimos y definitivos adioses. Pero el escenario era ese: una habitación de unos veinte metros cuadrados con una cama de matrimonio siempre hecha, con una colcha rosa encima, y otra cama ortopédica articulada al lado en la que mi padre pasaría sus últimos cinco días. Cerca, un ventilador de pie giratorio que emitía una especie de crujido cada vez que el cabezal llegaba al límite. Y gente desfilando, gente que iba y venía, y ojos llorosos, y los cinco hermanos reunidos en torno a la cama robotizada.

Cuando vi a mi padre, la primera impresión fue desconcertante, como si no le reconociese, como si el hombre que estaba allí tumbado, con una sábana fina cubriéndole hasta el pecho, no fuese el mismo que unos treinta o treinta y cinco años atrás había sido capaz de levantarme con un solo brazo. Su mujer, que no es mi madre y con la que nunca he tenido mucho contacto, deambulaba por la habitación de vez en cuando y nos explicaba una situación que ya era irreversible. Mi padre me reconoció, aunque creo que reconoció más al niño que fui que al hombre que tenía delante, porque los parches de morfina provocaban que su cabeza y sus pensamientos se remontasen en el tiempo. Recuerdo que me pidió el móvil, le pregunté que a quién quería llamar y me dijo que a su madre. Su madre, mi abuela, que se había ido hacía quince años.

De esos días me quedo con una sensación: al darle un beso, al sentir su rostro cerca, notaba cómo me raspaba, cómo su cara recién afeitada era áspera y cortante, como lo había sido en mi niñez. Imagino que todos los niños le dicen eso a sus padres, «papá, que raspas», cuando les dan besos.

Mi padre murió la mañana de un sábado en la que medio país se disponía a empezar sus vacaciones de verano, un 31 de julio, el mismo día en el que un periódico publicó que yo iba a ser padre al cabo de muy pocos meses.

La muerte de mi padre provocó un cambio en mi agenda y tuve que precipitar mi vuelta a Madrid, ya que había consumido todos los días libres disponibles, incluso los tres que te dan por muerte de un familiar cercano, siempre que presentes un certificado de defunción. La burocracia es fría y no entiende de duelos. Te dan el pésame y, pasado el trámite, te piden el certificado. Parece ser que hay gente que se inventa muertes para cogerse puentes o alargar viajes. Sí, no frunzan el ceño ni se extrañen, conozco ya un par de casos.

El 2 de agosto dejé el coche en mi garaje habitual. Estaba desierto, jamás lo había visto así. Al llegar al portal, abrí la puerta y maldije una nueva avería en el ascensor, tan bonito y antiguo como poco práctico. Vivo en un sexto piso de un edificio de siete plantas, así que emprendí la escalada resignado. Cuando iba por el tercero, di una patada a algo, encendí la luz del rellano y vi un enorme manojo de llaves. Lo recogí, seguí subiendo, cerré la puerta del ascensor en el cuarto —donde debía de llevar abierta varios días—, suspiré porque no parecía que estuviera averiado y por fin llegué a casa, dejé todo y me fui a dormir.

Aquel lunes, el despertador no sonó, o sonó y no lo oí. El caso es que me levanté con el tiempo demasiado justo, me hice un café rápido y salí a fumar un cigarro al pequeño balcón que tengo en casa. Un balcón con vistas a otras vidas que siempre miro atentamente. En el quinto de la calle de enfrente vive un hombre que a esas horas siempre está en un viejo escritorio leyendo la prensa. Encima, una pareja que debe de haberse mudado hace poco, porque siempre andan haciendo cosas en la casa, que si colgando un cuadro, que si poniendo cortinas o intentando encajar una mesita pequeña en la terraza. Supongo que esa fiebre, que ya dura más de un mes, se les pasará pronto. No me pude entretener demasiado con el cigarro en el balcón, se me estaba haciendo tarde.

Ahora tengo que ir andando al trabajo. Antes, mi televisión tenía un servicio de ruta para los empleados que paraba justo debajo de mi portal, pero, recorte a recorte, llegaron a mi asiento en ese pequeño autobús. He ideado una ruta propia que consiste en bajar la calle del Marqués de Zafra hasta llegar a una de las entradas del Parque de la Quinta de la Fuente del Berro. Si voy con tiempo, me detengo un rato allí y me siento en un banco a respirar un aire que no parece de Madrid. A fuerza de estos pequeños paréntesis matutinos, he terminado por entablar conversación con los jardineros, a los que el ayuntamiento quiere quitarse de en medio, con la excusa de exceso de personal. Antes del verano firmé en una hoja para defenderlos. Hay que cuidar el parque y entenderlo como ellos lo hacen: esos mimos no se pueden privatizar. El romero, el tomillo, la verbena los necesitan, como también la fuente. Uno de los jardineros me contó que hubo un tiempo en el que se decía que el agua que brotaba de ella poseía propiedades curativas y que incluso María Luisa de Orleans no bebía otro líquido que no fuese el que salía de allí.

A pesar de que había salido con el tiempo justo de casa, al pasar por el parque saludé a los jardineros y les conté mi accidentado verano. Cuando llegué por fin al trabajo, me di cuenta de que no tenía que haber ido con tanta prisa: no tenía nada que hacer. En agosto los temas dejan de ser actuales y los contenidos culturales son los que eres capaz de idear más que los que vienen dados por una agenda congelada hasta septiembre.

El día transcurrió sin pena ni gloria. Prácticamente, toda la redacción estaba de vacaciones, excepto los habituales de agosto, y apenas crucé palabra con nadie. Salí pronto: no había noticias, ni teletipos ni urgencias de ninguna clase, ni siquiera ninguna serpiente de verano.

De vuelta a casa, el paseo es menos romántico: enfilo la calle O'Donnell y en Doctor Esquerdo tuerzo hasta encontrarme con la calle de Alcalá. En total, dieciocho minutos caminando, que, para alguien que ha vivido en una ciudad pequeña, como yo, no deja de ser una caminata larga.

Cené una sopa japonesa instantánea, que no es como la *cheese curry* de la marca Cup Noodle que mi novia y yo tomábamos en Tokio pero se le parece. Yo creo que falla el sobrecito de polvos que hay que esparcir justo antes de echar el agua hirviendo.

Al ir a recuperar un paquete de tabaco del cartón de reserva que guardo en el cajón de la cocina, descubrí el manojo de llaves al que la noche anterior había dado una patada en el rellano del tercero. Me fijé atentamente en él: tenía catorce llaves, todas diferentes y cada una con una pequeña pegatina con un número y una letra. Eran de casas, de los pisos de mi edificio, el juego que tiene la portera, que todo el mes de agosto estaba de vacaciones. Lo confirmé cuando la del sexto izquierda abrió mi puerta sin problemas. «Menos mal que las he encontrado yo», pensé. O vaya desgracia, según se mire.

Ese no verano que resultó más caluroso que ninguno estaba perfectamente planificado para que me diese tiempo a esbozar o adelantar gran parte de la novela que me traía entre manos y que, como ya he señalado, había pactado verbalmente con la editorial. Hacía menos de un año que había entregado el anterior libro, que al menos sobrevivió en las librerías más de tres meses y tuvo alguna que otra crítica positiva. Es curioso, en los clubes de lectura y en las firmas muchos lectores me comentaron que la muerte rondaba demasiados capítulos. Yo no era consciente de ello ni por supuesto había sido premeditado, pero al examinar con más detenimiento el libro aprecié que, de una u otra manera, la muerte estaba muy presente. Lo volví a pensar cuando me disponía a escribir el principio del que sería mi segundo libro.

En junio me había reunido con mis editoras para comentar ideas para la novela. Del par de tramas que tenía en mente, la que más les había gustado era la historia de mi abuela, una mujer con una vida fascinante a tenor de lo que ella misma contaba entre sueños. La reunión tuvo lugar en la cafetería de la Casa de América, justo enfrente de la plaza de Cibeles. Todavía se bromeaba con el meteorólogo francés, porque los tres llevábamos chaqueta a pesar de ser junio. Me presenté con una carpeta en la que llevaba unos folios impresos de lo que yo quería que fuera el principio de esa futura novela. Les comenté la posibilidad de trabajar en tres temas, pero sabía que uno de ellos las conquistaría inmediatamente. Tardaron unos cinco minutos en leer los folios. Yo no quería mirarlas directamente, así que me dediqué a dar vueltas por la terraza, me paraba y pensaba en los fantasmas que cuenta la leyenda que rondan el palacio, y fumaba, y las observaba de reojo. Un consejo: no den nunca nada a leer a nadie y sigan delante, es mejor dárselo e irse, porque cinco minutos se transforman en una hora y la impaciencia les devorará. Las miré abiertamente: no me disgustaba la cara que ponían. ¿Por qué línea irán? ¿Habrán llegado ya a lo de la narcolepsia?

A mi abuela la había visto morirse varias veces. Recuerdo la primera perfectamente. Tendría yo diez u once años, no creo que muchos más, y estábamos en la casa en la que pasábamos los veranos. Ella nos visitaba frecuentemente. Aunque mi memoria no alcanza para saber dónde estaban mis pa-

dres, sí me acuerdo de que ese día mi hermano había salido a media mañana a una balsa cercana llena de agua fangosa a la que acudía con amigos de su pandilla para cazar ranas con una escopeta de perdigones. Eran esas épocas y esos veranos en los que todavía se utilizaba la palabra pandilla. Yo, por edad, no tenía y por eso quizá me encontraba en casa.

Recuerdo a mi abuela contándome lo que íbamos a comer y no poder siquiera terminar la frase. De repente, empezó a apagarse, a entornar los ojos y a torcer la boca. Me acerqué a ella y comprobé la ausencia de movimiento en su pecho, o al menos mi ignorancia me hizo ver esa ausencia. Asustado, salí corriendo de casa hasta que mi vista localizó a mi hermano y empecé a gritar que la yaya se había muerto, que viniera deprisa y dejara a las ranas tranquilas. Cuando mi hermano llegó, la abuela estaba viva otra vez, preguntando si teníamos hambre.

Había escuchado alguna vez en casa la palabra «narcolepsia», pero nunca había prestado demasiada atención hasta que aquel día mi hermano me contó exactamente lo que era. Mi abuela se dormía en el momento más inesperado: podía estar jugando a las cartas y se dormía, podía haber visto dos horas de una película y justo en el beso final verla caer; casi nunca sabía quién era el asesino, la narcolepsia se encargaba de mutilarle decenas de desenlaces. Cuando se padece esa enfermedad, se pueden sufrir puntualmente cataplexias, pérdidas súbitas del tono muscular que provocan que, estando despierto, te desmayes de repente. Con los años, observé que las emociones fuertes tumbaban a mi abuela: una alegría exagerada o una mala noticia y se iba al suelo.

Una cataplexia fue lo que sufrió mi abuela aquella mañana de verano del año 1983. (Un año que yo recordaría bastante a menudo, aunque todavía no sabía la razón). *No se murió, faltaban diecinueve años para eso, pero desde entonces cada vez que sufría un ataque tenía esa extraña sensación de pérdida.*

El veredicto no se hizo esperar.

—Me gusta mucho. Creo que tiene muchas posibilidades y si luego incorporas todo lo que nos has ido contando, puede funcionar muy bien.

—A mí también me encanta. Y eso que todavía no has entrado en su vida... ¡vaya mujer! Tenemos de todo: amor, intriga, algún malo. Qué ilusión, ya estamos en marcha.

Con el libro anterior, cada domingo, o cada domingo que me era posible, enviaba a mi editora un relato para que le fuese dando el visto bueno. Establecimos una peculiar metodología de trabajo que fundamentalmente consistía en que yo esperaba con el corazón en un puño a que ella contestara. Me había propuesto empezar de nuevo esa correspondencia, pero los sucesos no me permitieron ponerme a escribir durante bastante tiempo. Ahora estábamos a 3 de agosto y mi novela iba exactamente igual que aquel fresco día de junio en la Casa de América. Es decir, no iba.

QUINTO IZQUIERDA

Lo primero que hice nada más llegar del trabajo fue bajar la basura: este acto intrascendente formaba parte de un plan perfectamente detallado. El cubo me daría pistas del número de vecinos que habitaba el edificio esos días. Una bolsa, no había más que una bolsa. Después, crucé la calle para tomar algo en una terraza que hay justo enfrente del portal y que me ofrecía una perspectiva perfecta de todas las ventanas y balcones. La gran mayoría permanecía con las persianas bajadas, dejando las casas completamente a oscuras por el día, negándoles la posibilidad de vida durante las semanas que sus dueños estaban fuera. Penumbra vacacional. A esa hora, pasadas las diez de la noche, no había ninguna luz encendida. Aguanté todo lo que pude, pedí un postre y una infusión. Por la calle no se veía a nadie, salvo un par de gatos y los dos o tres borrachos que siempre acampaban en un bar cercano. Examiné de nuevo la fachada: no se veía tampoco ningún rastro de señal de televisión. A esas horas, con las luces apagadas, si alguien estaba viendo la tele, el azul que brotaría del aparato lo delataría. Sabía sobradamente que el quinto izquierda estaba vacío. Mi vigilancia se centraba sobre todo en el quinto derecha, el piso que, según mi plan, se convertiría en refugio o en el lugar al que huir si por casualidad llegaba alguien o el ascensor se movía.

Una de las pocas ventajas de mi viejo ascensor es el ruido que hace: se escucha perfectamente. No tenía más que enviarlo a la planta baja cada vez que saliera de expedición y permanecer con los oídos muy abiertos.

Desde que nos habíamos mudado siempre me había llamado la atención por varias razones el piso que tenemos justo debajo. Las persianas son antiguas, muy antiguas, con la madera gastada por el impacto de muchos inviernos y muchos veranos. Además, siempre están cerradas. Había preguntado varias veces a la portera quién vivía en aquella casa y siempre me había dicho que la casa pertenecía a un hombre que nunca estaba en Madrid y que no la utilizaba como residencia fija. Sin embargo, también me había dicho que de vez en cuando pasaba alguna noche allí.

Por el patio de luces que compartimos no había visto movimiento ni luz jamás y tampoco había escuchado nunca voces. Aunque lo de no oír a nadie entraba dentro de lo normal. Cuando nos vinieron a instalar la televisión por cable, el técnico dijo que en la vida se había encontrado con unos muros tan gruesos como los de ese edificio e incluso se le rompió una broca. Ya el anterior dueño, Manuel Aranda, nos había avisado del aislamiento:

—Mirad, chicos, esta casa resistió en pie toda la Guerra Civil. Sus materiales son casi indestructibles. Antes se construía bien, no como ahora, que soplas y tiras una pared. Si cerráis las ventanas, no oiréis a nadie ni nadie os oirá a vosotros. Vete fuera —me dijo—, voy a gritar. Ya verás como no me oyes nada.

Efectivamente, Manuel tenía razón. Salí al rellano y no oí absolutamente nada. Al cabo de un minuto regresé al piso.

—Cierto, no he oído nada, cosa estupenda, salvo que tengas un contratiempo o que pedir auxilio.

Manuel era un fanfarrón y tenía el dinero por castigo. Nos hizo una rebaja bastante importante teniendo en cuenta que en ese momento seguíamos inmersos en la burbuja inmobiliaria y los precios estaban por las nubes. Pero tenía ganas de vender: era el último piso que le quedaba. Todo el edificio había sido suyo y de su familia y casi todas las casas las había vendido a buen precio y durante los últimos quince años. De los antiguos sólo le quedaban dos pisos: el quinto izquierda y el cuarto derecha.

Una vez formalizada nuestra venta, Aranda tenía planeado darse a la buena vida en alguna localidad de Levante; en Santa Pola, creo recordar.

—¡No digas tonterías! —exclamó—. ¡Pedir auxilio! ¡Para eso están los móviles! Eso por no hablar de lo buenos que son los muros para el calor y el frío. Ya lo comprobaréis, ya.

En el descabellado plan que tenía en la cabeza el piso semiabandonado que había justo debajo de mis pies sería mi primera presa. Miré el manojo de llaves y allí estaba: una llave mucho más vieja que el resto, con principios de óxido, esperando volver a ser usada. Las llaves están hechas para abrir puertas, buzones, coches, sueños. Y aquella era una llave triste.

A veces uno no sabe por qué hace determinadas cosas ni cómo se atreve a tomar decisiones que sabe con certeza que son erróneas, o ilegales, o incluso peligrosas. Yo nunca he sido especialmente valiente ni osado, y mucho menos aventurero, pero decidí que valía la pena.

Planté un ojo en la mirilla para asegurarme de que nadie deambulaba por mi rellano, a pesar de que sabía que mi vecina francesa y su hija se habían marchado a visitar a su familia y no volverían hasta el mes siguiente. Estaba casi seguro de que no había nadie en el edificio, aunque quizá podía haber algún vecino del primero o del segundo, porque de alguien tenía que ser la bolsa de basura que había visto en el contenedor. Los del segundo derecha acababan de tener un niño y quizá habían decidido no irse de vacaciones; sin embargo, no había escuchado ladrar a su perro.

Abandoné la seguridad de mi hogar y la obligación de seguir con la historia de mi abuela, que se me había atascado, y, sigiloso, empecé a descender escalones a ciegas. Prefería no dar la luz comunitaria, de esa forma si se encendía, me alertaría de alguna presencia.

Al abrir la puerta sonó un leve chirrido que me sobresaltó todavía más. Mi corazón latía acelerado, entremezclando a partes iguales miedo y emoción. Instintivamente, miré hacia la puerta del quinto derecha e imaginé a alguien detrás de la mirilla creyendo que había un ladrón. Pero, según mis pesquisas, en ese piso no habría nadie hasta, al menos, el día 25 de agosto. Había coincidido un día con Pedro —creo que se llama Pedro— y su familia en el ascensor. Iban cargados de maletas y me contó que se marchaban al pueblo hasta finales de agosto. Como el 25 es domingo, intuyo que volverán más o menos en esa fecha.

Busqué en el móvil la aplicación de linterna y me dispuse a recorrer la casa. Debía de tener los mismos metros cuadrados que la mía.

Lo primero que sentí fue el olor: un olor antiguo mezclado con olor a cerrado. Un olor exacto al de la casa de mi abuela. Por un momento volvieron los remordimientos por no estar justo encima de donde estaba dando forma a la historia de Adela. Sonreí al convencerme a mí mismo de que lo que estaba haciendo era trabajo de campo, labores de investigación, y que quizá me serviría para incluirlo en la novela.

La madera crujía. La casa seguía conservando el suelo que nosotros habíamos querido para nuestro piso hasta que supimos el precio. Un parqué de espiga da a cualquier hogar un aire muy señorial y ese crujido que me acababa de sobresaltar era sinónimo de elegancia. Ahora la tarima no cruje ni aunque presiones los zapatos con ahínco.

Iluminé hacia mi derecha, la zona del salón, o al menos la que en mi casa era esta pieza. Pero no había salón, se trataba de un pasillo que parecía comunicar con tres dormitorios. Un pasillo estrecho, con dos puertas a la izquierda y una a la derecha. Al fondo, una pequeña estancia que, por lo poco que veía, debía de ser una salita de estar. Una televisión muy antigua, fotos enmarcadas sobre ella, dos sillones orejeros, un revistero con el que tropecé, unos cortinones y la ventana que la noche anterior había visto desde el bar, con las persianas antiguas de madera. Tuve la tentación de levantarlas para que la luz de la calle iluminara un poco la habitación, pero era mejor no dejar ningún tipo de pista. Era casi imposible ver nada, pero aproximé el móvil todo lo que pude a las fotos. En todas aparecía una pareja: un hombre con buena planta, siempre elegantemente vestido, con el pelo alborotado, ligeramente largo, y a su lado una mujer, guapa, con la tez pálida y media melena que miraba a la cámara como si estuviese mirándome a mí. Aunque eso siempre pasa si en el momento del disparo el retratado mira a la cámara directamente, me inquietaban aquellos ojos vigilantes.

Decidí inspeccionar la parte interior del piso, lo que en el mío sería la cocina, el baño y el dormitorio. Me encontré con otro pasillo, este de mayor dimensión; a un lado otra vez tres puertas y al final una cocina antigua. Era la típica distribución de una casa de hace treinta o cuarenta años: pisos pasilleros con muchos huecos. Dos de las puertas daban a sendos baños, uno con ducha y otro muy pequeño, imagino que para necesidades urgentes y para invitados.

La otra puerta correspondía al dormitorio principal: una cama perfectamente hecha, con una colcha blanca, un armario grande de madera cerrado con llave, dos mesillas gemelas, en una descansaba una jarrita de agua llena y un vaso. En el suelo, en el lado izquierdo de la cama, había un periódico. Lo cogí para ver el tiempo que hacía que mi vecino no dormía allí y me entró un escalofrío: 20 de septiembre de 1983.

El periódico de aquel día no contaba nada extraordinario: Estados Unidos bombardeaba los alrededores de Beirut, hubo acuerdo para el fútbol televisado, que costaría unos seiscientos millones de pesetas, y Albertina Rosa Azócar, la mujer que inspiró *Veinte poemas de amor y una canción desesperada,* no podría estar en Madrid en la inauguración de una exposición de poemas y manuscritos dedicada a Neruda.

Volví al salón y me senté en uno de los sillones orejeros.

La luz me despertó. Unos rayos de sol se colaban entre las rendijas de las viejas persianas dibujando en la pared unas perfectas horizontales agujereadas. Sobresaltado, comprobé que me había quedado dormido. Eran las ocho de la mañana. Ante mí, la claridad de una casa que no era mi casa y unas caras enmarcadas que me seguían mirando sonrientes desde, ahora lo apreciaba, Piccadilly Circus, el Museo del Louvre y el Coliseo.

El edificio permanecía en silencio. No se escuchaba ningún despertador sacando del sueño a los vecinos ni llanto alguno. No olía a café y parecía que el ascensor no se había movido de la planta baja.

Aprovechando la luz diurna, decidí investigar un poco. Los armarios estaban llenos de tazas y copas antiguas uno, otro de bolsas repletas de fotografías algo descoloridas o con el color de otro tiempo. En una caja había varias facturas también antiguas, un par de resguardos de lavandería y un recibo de una casa de empeños de un anillo de oro con dos brillantes pequeños y un rubí.

El revistero que había junto al sillón estaba lleno de periódicos. Cogí uno al azar: 20 de septiembre de 2002. Cogí otro: 20 de septiembre de 1987. Y otro, y otro más: 20 de septiembre de 1999, 20 de septiembre de 2005.

Otro escalofrío me recorrió el cuerpo: todos los 20 de septiembre de los últimos treinta años estaban en ese revistero.

Menos mal que aquel día volvía a no tener nada destacado que hacer en el trabajo; mi cabeza sólo estaba puesta en esa fecha. ¿Por qué mi vecino guardaba todos aquellos periódicos del mismo día?

Al ser verano, tenía jornada continua y, con ello, toda la tarde libre para volver a lo que se había convertido en mi verdadero quehacer: explorar el edificio en el que vivo. No me había olvidado de que quería visitar el piso de doña Amalia, el segundo izquierda, el de doña María, y uno de los áticos, en el que vivía un actor.

A pesar de que el quinto izquierda iba a llevarme un tiempo, tracé un mapa del campo de trabajo.

El móvil me sobresaltó e interrumpió mi dibujo. Era Mariona.

—¡Hola! ¿Cómo estás? No me has llamado desde que llegaste. ¿Qué tal la casa? ¿Hace calor, frío?

—Bien, todo bien. No hay casi nadie en ningún sitio, no hace nada de calor y se ha muerto la orquídea que nos regalaron Juan y Patxi.

—¡Vaya, qué mal se nos dan las plantas! Oye, ¿y has empezado a escribir algo? ¿Has averiguado más cosas de la historia de tu abuela? ¿En qué peluquería trabajó?

—Bueno, digamos que estoy algo estancado, pero sigo con ello. ¿Y tú qué tal? ¿Te ha crecido la barriga? ¿Te da pataditas?

—Pues va creciendo bastante, mucho diría yo. Por las noches, parece un futbolista. ¿Por qué hablas tan bajo? Casi no te oigo.

—No, por nada, es que estoy todavía medio adormilado. Oye, no te preocupes, que queda poco. Un beso fuerte, te dejo, es que me quiero poner a escribir antes de ir a trabajar.

—Vale, un beso, te quiero.

—Te quiero.

El quinto izquierda no tenía teléfono fijo, imagino que al estar el piso casi cerrado el dueño habría dado de baja la línea. Silencié el móvil y, sentado en mi sillón orejero, comencé a leer la prensa con detenimiento. Es curioso comprobar cómo se repiten año tras año casi las mismas noticias; cambian algunos nombres, pero el fondo es el mismo. Repasé las carteleras de los últimos treinta años: *Los gremlins, La rosa púrpura de El Cairo, Matador, Golpe en la pequeña China.* Había visto casi todas. Seguí enfrascado en uno de los periódicos, leyendo títulos de películas y nombres de cines que ya no existían y que yo ni siquiera había conocido hasta que me encontré, unas páginas más adelante, con un recuadro en el que podía leerse una especie de esquela, aunque no era una esquela porque estaba desprovista de cualquier símbolo religioso. Me gusta leer las esquelas, debe de ser una manía de los que somos de provincias. En la prensa local es donde uno se entera en muchas ocasiones de la desaparición de alguien conocido. Me fijo tanto en ellas que incluso les he dedicado algún reportaje.

Ana, tres años son muchos años si no te veo. Sigo teniendo el mismo trabajo, ese aburrido del que siempre quise escapar, sigo viviendo en la misma casa en la que con tanta ilusión invertimos todos nuestros ahorros, sigue todo igual y ya nada es lo mismo. Te echo de menos, te echo de menos tanto que hablo contigo cada día, ceno contigo cada día, duermo contigo cada día. Ya no lloro, no puedo, se me quebraron las lágrimas.

Te quiere,

Simón.

Qué maravilla, pensé, qué manera tan hermosa de hacer públicos los sentimientos, qué forma de intentar ganar la batalla al olvido. Un amor del que uno no puede escapar, el amor de esas parejas que desde que nacieron su misión únicamente es recorrer un camino hasta llegar al otro, seguir los pasos que tarde o temprano les lleva a unir sus manos, a ver atardeceres juntos. Es curioso, esa carta de amor más allá de la vida o de la muerte estaba justo al lado del anuncio de *El color del dinero,* que estaban poniendo en el Palacio de la Prensa, cuyo protagonista es Paul Newman. Y yo me imaginé a Simón parecido a Newman y a Ana, como Joanne Woodward, quizá porque su historia de amor también fue infalible.

Volví a leer la carta-esquela y reparé en que hablaba de tres años. Eso quería decir que quizá había más. Cogí otro periódico y busqué como el que busca un tesoro.

Ana, menos mal que tengo tus fotografías siempre presentes, porque el recuerdo de tu cara empieza a desvanecerse y yo ya no me parezco al hombre que amaste. Me he hecho un viejo y mi cara parece cada vez más otra distinta y tú permaneces radiante, abrazada al tipo que un día fui yo, en París o en Roma. Es injusto, yo no soy el que fui, pero tú sigues siendo la misma. No ha pasado nada este año digno de mención, salvo que cada día, cada hora, cada minuto, te echo de menos.

Te quiere,

Simón.

Era el periódico del 20 de septiembre de 2001. Hice un cálculo: en esa fecha habían pasado dieciocho años desde la muerte de Ana. Miré el reloj: se me había hecho tarde otra vez.

Coloqué todo como me lo había encontrado. Subí a casa, me duché, me vestí y no paré de darle vueltas a la cabeza a la historia de Ana y Simón. Al salir de casa, bajé corriendo por las escaleras y justo al pasar por los buzones, repletos muchos de publicidad, sentí un pálpito, una corazonada. Busqué el del quinto izquierda y allí estaban todavía escritos sus nombres:

ANA GÓMEZ SERNÁ
SIMÓN HURTADO DÍAZ

Esperaba encontrarme el nombre de Simón, pero no el de ella. Treinta años después de su muerte nadie iba a escribirle: no hay cartas para los difuntos pasado tanto tiempo. Sin embargo, por lo que se veía, Simón había sido incapaz de borrar su nombre de algo tan rutinario como el cartelito del buzón. Al fin y al cabo, muchas veces los grandes amores están llenos de rutinas.

Aquel día en el trabajo todos mis esfuerzos se centraron en intentar encontrar información de esas dos personas.

Metí en internet el nombre de Simón Hurtado Díaz entre comillas y aparecieron varios resultados. Simón había trabajado como periodista en el diario *Ahora,* un periódico más o menos prestigioso que había surgido en la España de la posguerra y que no llegó a ver la democracia. Pregunté a los compañeros de documentación si existía alguna forma de acceder al servicio de hemeroteca del *Ahora.* Tuve suerte: me dieron las claves y empecé a buscar sus artículos. Averigüé pronto que trabajaba en la sección de cultura y la gran mayoría de sus textos eran reseñas sobre exposiciones de arte. No escribía mal, quiero decir que no hacía la típica crónica descriptiva; su estilo era cercano al literario, aunque a veces adornaba o adjetivaba demasiado. Me sumergí en sus artículos.

SIMÓN

Para que Simón naciera hizo falta la ayuda de trescientas personas; bueno, más o menos trescientas personas.

Ese día, su madre, María, se había levantado con más dolores de los normales, las contracciones eran frecuentes y, a pesar de que a Simón se le esperaba para el mes siguiente, todo se precipitó. En Nimel, un pueblo que no llegaría a quinientos habitantes, llevaban cerca de tres años sin médico y el hospital más cercano quedaba a más de dos horas en coche. María tenía previsto trasladarse a la ciudad al cabo de dos semanas para dar a luz sin ningún contratiempo.

Los dolores eran insoportables. Los mayores del pueblo peregrinaban a su casa intentando ayudar en algo, calentando agua, preparando extrañas infusiones o simplemente mirando. Gabriel, el padre, estaba a punto de desmayarse con tanto grito y tanto rezo y tanto tráfico de lágrimas que circulaban de un lado para otro sin que nadie las ordenara ni diera paso.

Gabriel y María se habían conocido diez años atrás durante las fiestas del pueblo. Mejor dicho, se reconocieron en ese instante; conocer se conocían desde que el mundo era mundo para ellos. Compartían acera, que es lo mejor que se podía compartir en un lugar en el que no había más entretenimiento que esperar a que llegara el día siguiente. Habían crecido uno al lado del otro sin verse y un buen día un baile encendió una chispa que estaba dando como fruto al pequeño Simón. Gabriel se dedicaba a las labores del campo y a intentar que la vida de María dejase de ser un suicidio constante de horas. Hacía cualquier cosa para engañar al tiempo, por ejemplo, le escribía todas las noches una carta de amor y la echaba en el buzón, de tal forma que Anselmo, el cartero, sólo tenía que dar dos pasos para llevarla al destinatario. Esa rutina, la de la espera, hacía la jornada más llevadera para su mujer. Por las noches, Gabriel iba a la emisora de radio que había fabricado casi artesanalmente con unos aparatos extraños y pesadísimos que le había traído de Alemania un amigo suyo. Había convencido a casi todos los vecinos para que se compraran un receptor y estuviesen de esa manera al tanto de lo que ocurría en el pueblo. Así, un día llegó una camioneta cargada de unas válvulas Askar que tenían ya bastantes horas de vuelo en sus lomos, pero que se escuchaban decentemente.

Todos los días, a eso de las nueve, las calles de Nimel quedaban desiertas, y si era verano, en todos los rincones se escuchaba la voz de Gabriel. Solía comenzar de la misma manera: «Buenas noches, vecinos. Como siempre, empezamos el programa repasando las novedades del día, pero antes, para que todos nos demos un respiro, para que todos hagamos volar la imaginación, una canción...».

La música se mezclaba con los ladridos de algunos perros vagabundos a los que les interesaba poco lo que se dijera y que aprovechaban la distracción general para rellenar su maltrecho estómago con alguna sobra, aunque sobraban pocas cosas.

Para los nimeleses aquel era el mejor momento de esos días que sin sentido iban y venían. Esas melodías colándose por los recovecos de las casas, atravesando puertas y ventanas, rebotando en paredes, enredándose entre los cabellos y los sueños rotos y largos de todos eran el mejor bálsamo para los dolores de las manos curtidas y llenas de señales y cicatrices de vidas duras y peleadas en inviernos y veranos sin tregua.

Después de hacer un repaso a la ausencia de noticias destacables, Gabriel continuaba con un serial que había comenzado dedicado a una actriz de teatro y modelo ocasional llamada Letitia Anne Sage, a la que todos ya conocían como Leticia o Leti. La historia le había llegado a través de una prima de una prima suya que trabajaba en el Museo del Prado al mostrarle un cuadro: *Los tres viajeros aéreos favoritos,* de John-Francis Rigaud. Gabriel iba con frecuencia a la capital para visitar a parte de su familia y para perderse en los pasillos del museo, que le tenía hipnotizado. En esa obra, que estaba por entonces en el taller de restauración, se veía a dos hombres y a una mujer en un globo aerostático. Los tres aparecían posando deliberadamente más que disfrutando de lo que se suponía que era un momento histórico. Letitia se había convertido en la primera mujer en elevarse sobre la tierra, la primera en subir unos metros, bastantes para ser el siglo XVIII, y mirar el mundo desde el aire. El serial radiofónico iba por ese capítulo y, a la gran dosis de realidad que tenía, Gabriel añadía siempre una cantidad ingente de imaginación. Quién sabe, quizá esas historias llegaban hasta la barriga de su madre y de alguna manera ahí nació la afición de Simón por los medios de comunicación, por las fábulas y el romanticismo. Siempre había creído que aquella historia y otras muchas habían atravesado la placenta abriéndose paso hasta sus entonces diminutos oídos.

La influencia del serial de Gabriel hizo que en el pueblo se instaurara una curiosa forma de decir a la gente que se encontraba como ausente, distraída.

—¿Qué haces, Simoncito? Pareces atontado. ¿En qué estarás pensando? Estás como la Letitia, siempre en las nubes.

Era gracioso comprobar cómo se pronunciaba el nombre de la pionera expedicionaria, la gente hacía verdaderos esfuerzos, mascaba las letras, el quiebro de la 'e' marcaba el futuro del resto de la expresión. 'Le' (pausa + aire + pausa para recapitular y pensar para los adentros si se había dicho bien) y 't', el 'tisia' con una 's' que muchos exageraban para parecer más finos.

—¿Qué toca hoy? —le preguntó Anselmo a Gabriel.

—Hoy es mi capítulo preferido. Es junio en Londres y si el tiempo lo permite, Letitia, junto a otros dos caballeros, subirá al cielo montada en un globo.

—Ese es el famoso cuadro que te enseñaron en Madrid, ¿verdad?

—Exacto, el origen de todo, el que me hizo interesarme por esa chica y por su hazaña. Sus andanzas anteriores eran un mero entretenimiento para captar la atención, para mantener el interés.

—Oye —replicó Anselmo—, ¿y los hombres que la acompañan?

—Pues mira, el que más me interesa es el que está a la derecha, que se quita el sombrero, ¿ves su expresión, su gesto? —le decía Gabriel mientras le enseñaba una vieja reproducción del cuadro en blanco y negro en la que apreciar no se apreciaba mucho—. Es Vincenzo Lunardi, un auténtico revolucionario, el primer hombre de Inglaterra en volar. El 15 de septiembre de 1784, delante de ciento cincuenta mil personas que no sabían exactamente lo que iban a ver, salió desde un campo de artillería de Londres y tras dos horas y quince minutos en el aire tocó tierra en Hertfordshire. Cuentan las crónicas que hizo el viaje acompañado de una buena botella de champán y dos muslos de pollo y que, al aterrizar, los campesinos a los que pidió ayuda para sujetar el globo huyeron despavoridos al ver algo que se acercaba del cielo. Fue una joven lechera la que con todas sus fuerzas le ayudó a poner los pies de nuevo sobre este mundo. Elizabeth se llamaba la chica. Lunardi se convirtió en una de las mayores celebridades de Inglaterra.

—Oye —replicó de nuevo Anselmo—, pero yo contaría antes del desenlace de Letitia esta historia de Lunardi: a todo el mundo le gustan las peripecias de los aventureros.

—Sí, puede ser. Quizá debería centrarme en Lunardi y dar un giro al guion, pero necesito aderezarlo. Tal vez prolongue un poco el encuentro con la lechera, digamos que ella sí que le hizo volar. Además, cuentan que Lunardi era un tipo muy guapo, algo afeminado, con cabellos largos que dibujaban ondas y caracolas y mirada intrépida y atrevida, y que se le resistían pocas mujeres. Mira, echa un vistazo a esto que tenía preparado.

Gabriel le dio un papel y Anselmo comenzó a leerlo:

—«Letitia ya era una gran estrella aquella mañana del 29 de junio de 1785. A pesar de que el día había amanecido nublado y con amenaza de tormenta... [describir bien el día]... un ligero pero insistente aire había trasladado esas nubes hacia otros territorios...».

—¿Por qué pones eso de describir bien el día, Gabriel?

—Trucos. Cuando estás escribiendo y no te inspiras, se ponen anotaciones de ese estilo para recordar que tienes que completar el texto.

Parecía increíble cómo Gabriel había logrado una imaginación y un interés por la fantasía desbordantes. Sin haber ido a la escuela, sin tener ninguna clase de formación, era el chico de treinta años del pueblo más listo o espabilado o curioso o las tres cosas al mismo tiempo. Sin duda habían influido en él las horas que había pasado en la pequeña biblioteca de Nimel, donde a los libros de siempre se habían añadido de vez en cuando pequeñas donaciones. Julio Verne y Melville habían encontrado en Gabriel a su mejor cliente.

Gabriel era muy profesional y sólo se daba un pequeño capricho en la radio una hora todos los jueves por la noche. Ese espacio de tiempo estaba dedicado a él, bueno, en realidad en ese momento el programa tenía como objetivo una sola oyente, el resto de gente no le importaba. Todo eran palabras y canciones para María, aunque nunca la mencionara explícitamente. Cada frase, cada poema inventado, cada melodía eran para ella.

Y así, esos jueves se escuchaban mensajes de este estilo: «Siempre te tuve cerca, pero una venda o alguna enfermedad me provocaron una ceguera que impedía que te apreciara, sólo así se entiende que no pudiese disfrutar de tu piel y de tu olor mucho tiempo antes».

Cuando oían aquello, doña Antonia y doña Francisca, por ejemplo, se echaban las manos a la cabeza, con un avemaría y José por medio.

En una de esas confesiones estaba el pobre Gabriel cuando Esteban, el panadero, y Anselmo llegaron sin resuello para decirle que su mujer se había puesto de parto.

Gabriel dejó una canción volando en las ondas y se marchó rápidamente a su casa. Al llegar, vio el rostro de su María fuera de sí, lloraba y sudaba tanto que parecía que acababa de salir de la bañera. Cuando le dijeron que el niño o la niña venía de nalgas, no entendió mucho, pero intuyó que aquello no era bueno. La canción que viajaba de casa en casa se terminó y el testigo lo tomaron los gritos que tenían a todos en vilo. Los expertos del lugar en aquellos menesteres de traer a los niños al mundo dijeron que no se atrevían a intervenir en el asunto, que cuando nacieron el Ernesto o la Eva, también de repente, sólo habían tenido que ayudar a que la madre empujara, pero esto les superaba.

Gabriel fue a casa del alcalde y llamó a urgencias. La ambulancia tardaría unas tres horas en llegar, se encontraba en otra emergencia y no podía llegar antes a Nimel. Desde que habían decidido dejar fuera de servicio una de las ambulancias más de uno se había muerto sin que ni siquiera se pudiese intentar hacer algo por él. Tres horas era demasiado tiempo para María. Gabriel entonces se acordó de la avioneta de Fulgencio y fue corriendo a su casa.

Fulgencio había comprado una vieja avioneta en Madrid hacía dos años. Volaba poco, pero tenerla encerrada en el almacén le hacía sentir que en cualquier momento podía huir lejos del mundo, a cualquier otro lugar. Nadie en el pueblo se había atrevido nunca a dar una vuelta por las nubes con él.

—¡Fulgencio, te necesito! María se ha puesto de parto y hay dificultades. La ambulancia tardará unas tres horas. Nos tienes que llevar al hospital en la avioneta.

—¡Pero estás loco, Gabriel! Si hace meses que ni siquiera la he puesto en marcha. Además, ¿a estas horas?, tendríamos que esperar a que amaneciera para tener algo de visibilidad y poder despegar.

—No podemos esperar, se moriría el niño o María, o los dos. ¡Te lo ruego, Fulgencio!

—Que no, Gabriel, que no puedo despegar así, de verdad.

Esteban, que había llegado unos minutos antes a casa de Fulgencio, le preguntó qué necesitaba para despegar.

—Un camino señalizado.

Esteban volvió corriendo a la radio, encendió de nuevo todos los aparatos, subió el volumen e hizo un llamamiento al pueblo.

—Buenas noches, ruego a todos que me prestéis atención. María se ha puesto de parto, aquí no puede dar a luz y la ambulancia tardará tres horas largas en llegar. Vamos a llevarla al hospital en la avioneta de Fulgencio, pero para que pueda despegar necesitamos vuestra ayuda. Os pido que vayáis a la explanada que hay detrás del viejo almacén de trigo, cada uno con esas antorchas que todos tenemos en casa por si se va la luz. Al llegar, tenéis que formar entre todos un camino de unos doscientos metros de largo con separación de diez metros cada uno. Cada punto de luz lo formáis entre dos o tres, cada uno con su antorcha para que se vea bien. No podemos tardar más de veinte o veinticinco minutos. Así podrá despegar Fulgencio.

El pueblo entero se puso manos a la obra: las calles parecían una procesión de Semana Santa. Si en ese momento algún avión hubiera estado sobrevolando la zona, sin duda se habría quedado sorprendido ante la luz que desprendía aquel pequeño rincón que apenas salía en los mapas. A los quince minutos ya había pista de despegue. Todos, incluidos niños y la Antonia y la Francisca, se habían convertido en improvisados faros humanos.

Y así fue como pudo nacer Simón, con la ayuda de los trescientos habitantes de Nimel. Y así siempre ha creído él que su afición por el periodismo viene de su padre y de aquella noche en que la radio le salvó la vida.

Con este accidentado nacimiento, Simón estaba predestinado a ser un tipo especial, algo más retraído que el resto, buen estudiante, lector compulsivo, cuentista. Había entrado a trabajar de meritorio en el *Ahora* a principios de los cincuenta, haciéndose cargo de la sección de cultura. Siempre que iba al Museo del Prado se paraba delante del cuadro de la Leti, de Letitia, y sonreía y se volvía a fijar en Lunardi. Frente a ese cuadro de Rigaud conoció a Ana, a la que sorprendió hablando sola. Ningún escritor en ninguna novela hubiese podido imaginar un lugar mejor.

Volví a casa, un piso más arriba de donde Simón y Ana se habían amado tantas veces.

No logré conciliar el sueño. Me dio por pensar en la cantidad de historias que suceden muy cerca de nosotros y de las que ni siquiera nos enteramos o queremos enterarnos. Imaginé el día en que Ana se había ido y en cómo Simón habría llegado al edificio y se habría cruzado con algún vecino que le habría saludado educadamente sin apreciar su cara húmeda, su gesto devastado, sus ganas de gritar. Quizá Noelia, la portera, no se habría enterado todavía y le habría entregado algún paquete que el cartero había dejado para él o le habría dicho que el ascensor estaba roto de nuevo y que le tocaba subir a pie sin apreciar que el que estaba roto para siempre era Simón. Nuestras vidas corren junto a otras y, salvo en contadas ocasiones, nunca se tocan. El dolor puede discurrir paralelo a nosotros, muy cerca, y no verlo; puede mudarse para siempre al quinto izquierda y no ser conscientes de ello excepto cuando nos cuentan la mala noticia y al llegar al sexto la archivamos. Nos hemos inmunizado contra el dolor ajeno, que sólo nos duele los primeros cinco minutos.

En la cama pensé que quizá la historia del quinto izquierda era una buena trama para una novela. Una historia de amor y soledad. Con la de mi abuela no avanzaba.

La noche siguiente, el calor del verano me invitó a subir a cenar al ático. Entré un momento en casa de Simón, cogí todos los periódicos de los 20 de septiembre y algunas fotografías e invadí el séptimo izquierda. Llevaba solamente dos días como dueño del edificio. Los del segundo tampoco parecía que estuvieran y ya había aprendido a moverme con sigilo por la escalera; nunca utilizaba el ascensor, sabía dónde estaban los escalones traicioneros, los que son un poco más altos que el resto y pueden provocar un buen traspiés.

Siempre me han gustado los áticos, aunque luego no se haga mucha vida en la terraza, como habitualmente me recuerda mi madre. En el séptimo izquierda vivía de alquiler el actor. Mariona y yo siempre nos referíamos a él de esta manera. Debía de rondar los cuarenta y cuando me lo cruzaba en el ascensor a primera hora de la mañana, se mostraba educado. Lo de que era actor nos lo había contado un día la portera, Noelia. Nos dijo que salía en algunas series, pero que sobre todo hacía películas en el extranjero y que era un hombre muy reservado.

La distribución de la casa era otra vez distinta. Es increíble la cantidad de formas que se le pueden dar a unos cuantos metros cuadrados. Este era un piso en el que entrabas y ya estabas dentro, valga la redundancia. Hay gente que prefiere que la puerta de entrada apenas dé a un pequeño rellano, así, si llama un vecino o vienen del supermercado, no ven nada y la intimidad queda a salvo. Son entradas aduanas, en las que se pide un salvoconducto para acceder. Esta era una casa sin fronteras y anclada en el tiempo, con un sofá de polipiel ajado y desgastado, un mueble-estantería de madera con una televisión Telefunken antigua a la que se le había añadido un aparato de TDT y figuritas diversas de animales de cristal. Me llamaron la atención los interruptores y los enchufes, eran como de otra época. El salón estaba justo donde yo tenía el estudio para escribir y desde ahí se accedía a la terraza, a la que también daba una habitación en la que sólo había un colchón desnudo y un flexo. Todo muy modesto, muy huraño, con pocas cosas. En la cocina, muy vieja, había un tablón de corcho lleno de fotografías del actor en un salón, en una cocina, en un despacho, en sitios que desde luego no pertenecían a su casa.

Bebí un poco de agua y di un paseo por las habitaciones: camas altas con colchones de lana. Los levanté, debajo había somieres de alambres de hierro. Los conozco bien porque mientras estudiaba periodismo estuve viviendo en casa de mi abuela y durante un tiempo tuve que sufrirlos. En uno de los cuartos, sobre la cama, descansaba un cuadro que reproducía una escena de caza, un ciervo abatido. Abrí una de las ventanas que daba al patio interior y comprobé que se veía perfectamente mi cocina y la de Simón y Ana.

En los cajones encontré varias cartas. Una estaba a medio escribir.

Hola, madre:

¿Cómo estás? Espero que todo vaya bien. Me alegré mucho del nacimiento de la hija de María, dale un beso de mi parte. Aquí, en Madrid, todo sigue igual de bien. Sigo trabajando mucho y casi no tengo ni tiempo para llamar por teléfono, así que prefiero esperar a estar tranquilo en casa por la noche para escribirte. Te mando dos fotos de la casa a la que me acabo de mudar, es mucho más grande y más espaciosa. Ya te comenté que no puedes ver mis películas porque sólo se emiten en Estados Unidos. Trabajo con productores muy poderosos que ruedan aquí porque les sale más barato. Cuando vaya a casa, te llevo unas cuantas para que puedas verlas. Estoy muy contento con Aurora, me la recomendó el director de una película que hice y la chica es estupenda, limpia muy bien y me plan-

cha los trajes estupendamente. Ya le dije lo que me comentaste, que es fundamental pasar un quitapelusas antes y un paño húmedo para los brillos. Noelia viene tres días a la semana y mantiene también la nevera llena de

Ahí se cortaba la carta. Miré alrededor y comparé las fotos con lo que veía: obviamente, aquella casa no era la misma casa. Ni se parecía en nada. Acerqué la linterna a una de ellas: ahí estaba el actor, leyendo un periódico cómodamente en un sofá grande, modular, con *chaise longue,* estanterías llenas de libros, una mesa de centro baja de metacrilato. Parecía la casa ideal, pero era fría, como poco vivida, demasiado perfecta y, desde luego, no era la casa en la que me acababa de colar.

EL ACTOR

—Por favor, asegúrate de que no salgan los carteles, sólo el sofá, la estantería y la mesita.

—No te preocupes. Anda, haz que lees el periódico y pon cara de interesante. Y rápido, que como venga el encargado nos va a caer una buena.

Al menos una vez al mes, Juan Muñoz Puerto le pedía a su compañero Santiago que le hiciera unas cuantas fotos en alguno de los salones de exposición de la tienda de muebles en la que trabajaba, o en alguna de las cocinas, o incluso en el baño. Le decía que eran para tener recuerdos del trabajo. Juan llevaba años desempeñando el mismo papel, el de triunfador, el de un hombre del cine que participaba en importantes películas americanas que jamás se podían ver en España. Empezó a interpretar ese papel para su madre, que en la distancia debía creer que su hijo era una estrella que vivía en una especie de palacio.

Procuraba ir de vez en cuando a ver a la familia. Les contaba cientos de historias que no había vivido y hablaba de actores y actrices a los que como mucho se los había cruzado en Ikea.

Y eso que el trabajo que tenía en aquellos momentos era mucho más apasionante que el primero que había conseguido. Nada más instalarse en Madrid, un amigo le había dicho que se necesitaba gente en una fábrica de luces de Navidad.

—¿Luces de Navidad? ¿Pero hay fábricas de eso? ¿Y qué se hace? ¿Se trabaja un mes al año o cómo va?

—No, todo el año —respondió su amigo Alberto—. Exportan a todo el mundo y además llevan la iluminación de muchas ciudades, por ejemplo, la de Madrid.

—Si hace mucho que no la cambian...

—Oye, no protestes, es un trabajo, si lo quieres bien y si no, pues nada.

Durante dos años Juan estuvo recorriendo los sesenta kilómetros que separaban su casa de la fábrica de luces, en metro, autobús y desesperación. La fábrica todavía se ve en la autovía que une Madrid con Levante.

Él, que ambicionaba ser actor, se convirtió en un experto en circuitos paralelos y en serie, en corazones leds, en guirnaldas y en cortinas, en bambalinas, campanas, cascadas, en luces tipo arroz, tipo lágrimas, tipo lluvia.

Cada día, al acostarse, los ojos le hacían chiribitas, como si en su cerebro fuese siempre Navidad. Un día estuvo a punto de electrocutarse con una hilera de renos luminosos. No quiso pensar en lo que hubiesen dicho las páginas de sucesos de los periódicos al enterarse de la noticia y mucho menos en la cara de su madre.

Juan había llegado a Madrid cinco años atrás. Había logrado convencer a sus padres para que le dejaran un piso que habían recibido en herencia de Héctor, un tío emigrado de Argentina y que no sabía muy bien por dónde andaba ahora. Un piso en la calle de Alcalá.

HÉCTOR

El día que Héctor llegó para instalarse en el edificio coincidió en el ascensor con una mujer guapísima que le ayudó a cargar con un cuadro y una lámpara.

—Buenas tardes, soy Héctor. Me mudo hoy al séptimo izquierda.

—Hola, buenas tardes, yo soy Ana. Vivo con mi marido en el quinto izquierda.

—Encantado. Espero no hacer mucho ruido estos días, no tengo muchos muebles y sólo hay que colgar un par de cuadros.

—Como este, ¿no? Es un poco triste con el ciervo moribundo...

—Si no le gusta la caza, puede serlo. Pero es un regalo que me han hecho, así que lo colgaré hasta que tenga otro más bonito.

—Usted no es español, ¿verdad?

—No, soy argentino, aunque ya llevo en España quince años. De todos modos, espero regresar algún día. ¿Ustedes son de acá?

—De Madrid, no. Mi marido es de un pequeño pueblo llamado Nimel y yo de otro de Guadalajara.

—Nadie es de Madrid, dicen muchos. Dígame, ¿cómo es el vecindario? Me comentaron que bastante apacible.

—Muy tranquilo, aunque tampoco nos relacionamos mucho. Está Noelia, la portera, que vive junto al ascensor, ahí, en esa puerta, en un apartamento pequeñito. Luego yo conozco a Amalia, la del cuarto derecha, que se quedó viuda, la pobre, mientras estaba embarazada. Ahora la niña tendrá unos dos añitos, es muy rica, muy delicada.

—Sí, a Amalia la conozco bien. Fue ella la que me recomendó el piso. Vaya desgracia la suya, tan buena persona, tan enamorada y ahora tan sola.

—Yo no quiero ni imaginarme por lo que estará pasando la mujer, siempre tan habladora y ahora va como alma en pena casi sin levantar la cabeza. A ver, más vecinos... ¡Ah, sí! Al tercero izquierda se acaba de mudar un chico que ha sacado, por lo que me ha dicho Noelia, las oposiciones de correos. Es cartero. Me hace ilusión lo de tener un cartero en el edificio, así siempre tendremos la seguridad de que nos llegan las cartas.

Héctor se echó a reír.

—Sí, eso es importante para los forasteros, que, por lo que veo, somos casi todos.

Ana también se rio.

—¡Cierto! En el otro tercero vive Guillermo, que creo que es viajante, o vendedor, nunca está en casa, y en el segundo, no sé en cuál exactamente, vive un matrimonio con sus tres hijos, que a veces son muy gritones. Y no conozco a nadie más. ¡Ah, sí! ¡Margarita! Es una anciana que tiene demencia que vive a su lado, en el séptimo derecha. Si alguna vez escucha gritos en plena madrugada, no se sobresalte, es ella pidiendo auxilio o insultando a la chica que la cuida o llamando a sus hijos. Pobre mujer, creo que la profesora de francés que vive justo debajo lo lleva fatal. Y yo, como le he dicho, que soy Ana y vivo en el quinto izquierda con mi marido, Simón, así que si necesita algo, ya sabe. Y perdone, que le he entretenido mucho rato, pero así ya nos conoce a casi todos.

—Claro, claro. Muchas gracias. Ahora espero acertar con las caras cuando me cruce con ellas.

A Héctor le gustó Ana desde el principio, desde que ella dijo «hola», o incluso antes, desde que la vio esperando el ascensor de espaldas.

Héctor, alto, apuesto, con planta de señor de los de antes, siempre elegantemente vestido con trajes de raya diplomática, pelo repeinado pegado a la cabeza inamovible ante cualquier fenómeno meteorológico, bigote fino, dientes relucientes, zapatos brillantes, parecía sacado de la revista *Garbo*. Había llegado a

España a probar fortuna y la había encontrado rápido.

Había empezado como camarero en el Márquez, una coctelería de la Gran Vía donde solían alternar las estrellas de cine y de teatro. Al poco tiempo, lo ascendieron a encargado y luego le propusieron ser socio. Su don de gentes, su simpatía, tener conversación para todos y sobre cualquier tema le hicieron casi imprescindible. En el Márquez incluso se rumoreaba que había seducido a una celebridad americana a la que le había enseñado los secretos de la noche madrileña.

Solía llegar a casa al amanecer y casi siempre se cruzaba con Simón, que a esas horas marchaba al periódico.

—¿Qué pasa, Héctor? ¿Otra noche complicada?

—Trabajo, Simón, sólo trabajo: entretener a esa gente que vive en una fiesta continua, darles conversación, intentar que consuman y beban como si fuese el último día de sus vidas. Trabajo, pibe, sólo trabajo.

—Ya. Algún día tenemos que intercambiar puestos: tú madrugas y yo trasnocho.

—Eso está hecho.

—Que descanses.

—Lo intentaré.

Héctor siempre esperaba un poco, se asomaba a través del cristal del portal y se aseguraba de que Simón se montaba en el autobús. Luego subía hasta el séptimo en el ascensor y desde ahí bajaba muy despacio por las escaleras hasta el quinto. Llamaba a la puerta suavemente con los nudillos y a los veinte o treinta segundos le abría ella, llena de sueño, llena de remordimiento.

—¿Te ha visto alguien?

—Imposible, no hay nadie a estas horas, y él se ha montado en el autobús. De todas formas, ya te he dicho que es más seguro que tú subas a mi casa.

—Sí, pero aquí tenemos la ventaja de que no vive nadie en el piso de enfrente de momento y arriba nos puede ver Margarita.

—Pero si tiene la cabeza muy mal, cariño. No se acordaría de nada.

—Prefiero así. Hueles a whisky.

—Y tú a dulce.

Se fundieron en un beso, como lo llevaban haciendo casi a diario durante el último mes. Hacían el amor siempre a esas horas, temprano, en la habitación de invitados. Ella, todavía en camisón, se entregaba a él de una forma desconocida. Dejaba que hiciera lo que quisiera, perdía la razón y el sentido y no se reconocía en esa mujer que jadeaba silenciosamente y que a veces lloraba de placer y de pena. Siempre, antes de que Héctor hiciera acto de presencia, se ponía ropa interior diferente, especial, sabiendo que iba a durar poco debajo del camisón. Un día le recibió con la bata de seda puesta y completamente desnuda debajo, y al sentir a Héctor, abrió rápidamente la puerta y él la hizo suya en el mismo recibidor en el que apenas unos minutos antes se había despedido de Simón.

Después de mandar varios whatsapps a Mariona para comprobar que todo iba bien, me tumbé en una especie de hamaca que había en la terraza y seguí leyendo los periódicos de Simón.

Ya sabes que yo celebro dos aniversarios: el de nuestra boda y el del día que nos conocimos. Este año la herida estaba demasiado abierta y no tenía que haber ido al museo a ver otra vez ese cuadro. Me derrumbé. Ese cuadro no tiene sentido si no lo miramos juntos, si no sonríes al fijarte en Lunardi. Siempre quise llevarte en globo. ¿Por qué te fuiste? ¿Qué pasó aquella mañana? Te echo de menos, ha pasado un año y cada día es una tortura. Te quiero, te quiero en presente, porque no me acostumbro a que seas pasado.

Volví a leer aquella inquietante frase: «¿Qué pasó aquella mañana?». ¿Qué pasó aquella mañana? No me había preguntado todavía la causa de la muerte de Ana, daba por hecho que habría sido a causa de una enfermedad. La imaginaba pasando sus últimos días en la cama de su casa, arropada por Simón. ¿Qué pasó aquella mañana?

Doña Amalia hablaba sola, mantenía alegres conversaciones consigo misma. Lo curioso era que nunca se contestaba. Daba la impresión de que lanzaba diálogos y preguntas contra un ser imaginado o imaginario al que se dirigía con mucho cariño. A esas conversaciones nos acostumbramos en cuanto empezaba el buen tiempo: su voz se colaba por las ventanas abiertas hasta tal punto que muchas veces Mariona y yo apagábamos la televisión y pasábamos la sobremesa escuchándola. En vez de la clásica película que se utiliza como anestesia para echar la siesta, la vecina del cuarto atrapaba toda nuestra atención. A veces, a las preguntas sin respuesta y a los mensajes de amor sólo de ida le seguían alegres canciones, estribillos pegadizos, populares, que nosotros tarareábamos casi de una manera muda.

—*Ojos verdes, verdes como la albahaca, verdes como el trigo verde, y el verde, verde limón. Ojos verdes, ver-*

des, con brillo de faca, que se han clavaíto en mi corazón. Chimpún.

Tenía interés en entrar en el cuarto derecha y adentrarme en la vida de una mujer con la que, salvo un hola y un adiós, no había intercambiado más palabras. Ver si encontraba alguna pista de quién podía ser el destinatario de sus canciones, de sus palabras, buscar pruebas en forma de fotos o cartas. Rescoldos de vida sin los cuales mis conocimientos del vecindario serían mínimos.

Su casa tenía una distribución parecida a la de Simón en cuanto a número de habitaciones y estancias, pero al revés. Doña Amalia hacía vida de interior y dormía en el exterior. Hay gente que decide pasar la mayor parte de su vida en lugares más oscuros. Yo casi siempre he preferido instalar la zona en la que más tiempo pasas en el lugar donde más luz entra. Por eso, nuestro salón da a la calle y conforme lo abandonas para adentrarte en la rutina más íntima la oscuridad va ciñéndose sobre ti. Debe de ser algo psicológico, la intimidad permite más opacidad y la rutina, el día a día, el sofá y la manta de invierno necesitan luminosidad.

Doña Amalia había decidido lo contrario, porque su salón daba al patio de vecinos, ese salón convertido en el escenario en el que actuaba cada día. A la calle daban dos dormitorios, uno tan pequeño que aparte de la cama apenas cabía nada más. El otro me pareció enorme. Tenía las paredes empapeladas con motivos florales, alguna muñeca antigua y un par de peluches. Daban ganas de acostarse allí. Una estantería rebosaba con muchos libros de historia, de arte, de inglés, y había varias fotografías de doña Amalia con una niña primero y, años después, con una joven. Enfrente de la cama se ubicaba una butaca tapizada con una tela que intuí verde agua. Me senté un rato y empecé a pensar en quién sería la chica de la fotografía que miraba embobada a Amalia.

Abrí la ventana de la cocina y comprobé que me había dejado la luz encendida de mi habitación. En mitad de la noche, en ese edificio casi abandonado y lleno de enigmas, la luz parecía el faro que me recordaba cómo volver a casa. Llegué al final del pasillo y en lo que yo había decidido hacer un vestidor encontré una especie de trastero muy ordenado y, plegada sobre la puerta de servicio, una silla de ruedas.

No recordaba haber visto nunca en los tres años que llevaba viviendo allí a Amalia en silla de ruedas. Siempre que me la cruzaba yo iba con prisa y, salvo un hola que ella acompañaba de un «¿vive usted aquí?, ¿en qué piso?», daba igual las veces que coincidiéramos que siempre hacía la pregunta, no habíamos tenido más contacto.

Doña Amalia parecía tristemente feliz, una de esas personas que, a pesar de sus esfuerzos, no pueden disimular que algo les sucede. De esas caras radiantes capaces de sonreír en el día más nublado de la historia, pero que tienen una mirada perdida, ausente, que no acompaña al resto del rostro, como si los ojos se rebelaran contra las falsas apariencias que intentan dar la nariz y la boca. Una vez, bajando en el ascensor con ella, empecé a tararear de forma inconsciente la copla que tantas veces la escuchaba cantando y ella cogió el hilo y la continuó.

En la mesilla de la habitación había una cajita. Me sobresalté al abrirla: una especie de bailarina empezó a dar vueltas mientras sonaba una melodía. Era el *Canon* de Pachelbel. Lo reconocí enseguida porque no hacía mucho tiempo lo había utilizado para un reportaje de una exposición con cuadros que hacían referencia al sueño, a los sueños. Un compañero del departamento de ambientación musical, que siempre me cuenta la historia de las canciones que le pido, me dijo que Pachelbel llevaba dos años casado cuando su mujer y su hijo murieron en una epidemia vírica a finales del siglo XVII y que había compuesto el canon antes de que ellos fallecieran. Al cabo del tiempo, se casó de nuevo y tuvo siete hijos y se hizo amigo del padre de Bach. Me gusta pensar que al menos su hijo y su primera esposa pudieron disfrutar de esa música que ahora yo, cuatrocientos años después, estaba escuchando en una habitación que parecía sacada de un cuento en una casa que no era mi casa.

AMALIA

Amalia era feliz, rotundamente feliz. Lucía una felicidad tranquila, sin aspavientos, sin excesos; la felicidad que se compone de pequeñas cosas y que, en su caso, ella hacía más grandes con su carácter. Tenía el marido perfecto, una casa maravillosa, vivía en la gran ciudad. Le encantaba su trabajo en una pensión de la calle Lagasca, le daba la oportunidad de conocer a forasteros y que muchos le contaran cómo era el mundo que ella no había visto. Enseguida sabía con quién podía entablar conversación y a quién podía preguntar curiosidades sin reparos. Aprendió a hablar inglés, o a chapurrearlo, más bien, en el mostrador de recepción. Era más fácil charlar, de todos modos, si el huésped llegaba de Sudamérica; entonces, incluso quedaba a tomar café con alguno para que le contara, para aprender. Amalia absorbía todo, tomaba notas e iba haciendo diarios de viajes no realizados.

Creía que cuando llegara el momento de ir a todos aquellos lugares, esas guías autoeditadas serían muy prácticas.

A uno de los clientes de la pensión, que era de larga duración, pues llevaba más de un año residiendo allí, le sugirió un día que por qué no compraba un piso. Si pensaba quedarse a vivir en Madrid, al final le compensaría. Amalia le habló del ático que vendían en su edificio. Era una buena oportunidad, porque el hombre que lo vendía se había peleado con el resto de la familia, que era la propietaria de todos los pisos. A Héctor no le disgustó la idea y al cabo de un año, cuando lo ascendieron a encargado en la coctelería en la que trabajaba, se decidió a comprarlo.

El marido de Amalia, Pablo, trabajaba en las obras de ampliación del Metro y, a pesar de que se decía que estaban en crisis y que igual no se terminaban algunas líneas, cobraba un buen sueldo, o lo que se podría considerar un buen sueldo para una época llena de incertidumbres.

Entre la pensión, los viajes imaginarios, su piso casi nuevo y su marido, Amalia sólo pensaba en una cosa: en tener un hijo. Creía que lo mejor era tenerlo cuanto antes, para que cuando fuera mayor ellos no fueran unos ancianos y así, de paso, poder llevárselo a Argentina, a México, a Inglaterra e incluso a Australia. El señor Paul, que había estado dos meses en la habitación 201, le había contado muchas cosas buenas de aquel país, que Amalia pronto aprendió a situar en el mapa.

Pero todo cambió la mañana del 20 de febrero de 1979 cuando sonó el teléfono de la pensión. Quien llamó le dijo, sin muchos miramientos, que Pablo había muerto casi en el acto, que al salir a la superficie estaba ya sin vida, que no se había podido hacer nada por él. Amalia escuchaba al otro lado sin articular palabra, como si la conversación no fuera con ella, como si aquella retahíla de lugares comunes estuviese describiendo un suceso que le era ajeno. A ella, que hasta hacía un momento, y con la ayuda de un diccionario, estaba terminando la guía de París, no podía estar sucediéndole eso. El auricular se le fue cayendo lentamente por la cara, por el hombro, por el pecho, y la voz metálica que le estaba anunciando la muerte se iba alejando.

—¡Oiga, oiga! ¿Sigue ahí? ¡Señora, señora! Lo sentimos mucho, t i e n e q u e v e n i r p a r a i d e n t i f i c a r e l

Al llegar a casa después del funeral, Amalia se quedó mirando todas sus libretas de viajes, cuidadosamente ordenadas de forma alfabética. Debía de haber unas diez o doce. No valía ya ninguna. Estaban escritas para dos, para compartir cada lugar, cada esquina, cada bar y cada museo con Pablo. Empezó a llorar y se desplomó. Hacía un día tan nublado y tan áspero que por la ventana no entraba ni un ápice de luz. La oscuridad de un invierno largo se ciñó sobre ella. Al mes, el sol asomó un poco, supo que estaba embarazada.

Amalia siempre había pensado que hay gente que carga con demasiadas desgracias, personas a las que el destino o algún tipo de ser superior pone demasiadas veces a prueba. Lo pensó el día que a su hija Cristina le dijeron que tenía una enfermedad que acabaría con ella postrada en la cama, con los músculos atenazados, inservibles, sin fuerzas para nada.

Tenía dos opciones en la vida: rendirse o luchar. Venirse abajo, dar por concluido en ese momento su peregrinaje por el mundo y dejarse llevar, o sacar fuerzas de algún lugar recóndito y vivir para su hija y con el recuerdo de su marido. Le habían tocado las cartas equivocadas: todas eran malas. Siempre había creído que las desgracias se repartían por un extraño sistema de proporciones; es decir, no le pueden tocar todas a la misma persona. Por eso no entendía que después de la muerte de su marido llegase la enfermedad de su hija. Meditaba siempre sobre eso mientras estaba sentada viéndola dormir. Así, dormida, parecía sana, feliz; parecía que iba a despertarse en cualquier momento de un salto y pedir el desayuno. A su hija le habían robado los besos que ya no daría y los días de playa. Amalia dejó de creer en Dios, fue un desapego paulatino, después de largas reflexiones y de hablar mucho con él. La pregunta era siempre la misma: «¿Por qué?»; la respuesta también.

—¿Pero qué te he hecho yo? De pequeña me porté bien, fui a un colegio de monjas, estudié todo lo que pude, me puse a trabajar muy joven en la pensión, llegué virgen al matrimonio, acudía a misa regularmente. ¿Qué te he hecho yo para que me dejes desnuda, para que me quites la ilusión, para que te lleves a mi marido y conviertas a mi niña en una lisiada? Mírala, tan joven, tan guapa, tan delicada y condenada a estar para siempre entre estas cuatro paredes, condenada a morir antes que yo. No entiendo tu manera de ponerme a prueba, no comprendo qué vara de medir utilizas.

Eligió vivir, si no por ella, sí por Cristina. Cambió la distribución de la casa: lo que había sido el salón se convirtió en la habitación de Cristina, siempre con sol y luz y hasta esperanza. Compró una cama nueva de princesa, empapeló las paredes con flores y ella se acomodó en un cuarto pequeño justo al lado.

Cristina llevaba cuatro años sin poder hablar; sólo los ojos y algún gesto le servían para comunicarse con su madre. Pero Amalia le entendía todo, sabía cuándo quería estar sola, cuándo quería compañía, cuándo quería conversación, y desde la cocina le contaba que se había cruzado con Guillermo, el viajante del tercero, o que la profesora de francés tenía cada vez más alumnos o que al sexto izquierda se había mudado una pareja joven, que eran periodistas y trabajaban en la televisión.

—Periodistas de televisión, cariño, ¿te lo puedes creer? Si en la tele la gente sólo pega gritos y se pelea. Eso sí, hace poco bajé en el ascensor con él y se puso a tararear la canción que tanto te gusta. Igual me escuchan por el patio de luces. Creerán que estoy loca.

A veces, cuando Cristina dormía, Amalia se derrumbaba. Y volvía a revisar sus guías de viajes y comprobaba que ya no iría nunca a esos países en los que sabía, con total seguridad, que habría sido feliz.

La mañana era extrañamente templada. Aunque no estaba siendo un verano al uso, y a pesar de que el meteorólogo francés casi había arruinado las ventas de algunos comercios, a esa hora el calor había ganado el pulso. En realidad, estaba siendo un verano, en lo climatológico, como cualquier otro.

—Joder, me he quedado dormido otra vez.

Recogí los periódicos e, inquieto, salí a toda prisa de aquel piso. En el trayecto hasta la puerta advertí que todo parecía incluso más antiguo de lo que había creído al principio. Gané las escaleras y, sigiloso, descendí hasta mi casa. Cada vez que abría mi puerta tenía la misma sensación de cuando jugaba de niño al escondite: el que no tenía que buscar siempre estaba deseando esquivar «al que se la queda» y gritar eso de «casa». Una ducha rápida, un café y a trabajar.

En agosto Marqués de Zafra parecía una calle fantasma. Todos los negocios estaban cerrados, salvo un chino y una cafetería que permanecían atentos por si algún veraneante forzoso necesitaba de sus servicios. El parque estaba más triste de lo habitual, con la zona de juegos completamente vacía. El tobogán y los columpios habían sido sustituidos esos días por arena de playas lejanas.

De los jardineros, sólo me encontré con Jorge.

—¿Cómo vas? Qué vacío está todo, ¿verdad? —me saludó.

—Sí, ya sabes lo que es agosto. A ti te han dejado también muy solo.

—Justo ayer se fueron de vacaciones Sebas y Manuel, todo el mes. Las gastan de un tirón todas, no sé cómo pueden. Tienes cara de sueño.

—No duermo muy bien. Estoy empezando a escribir otro libro y voy bastante atrasado.

—¡No me digas! ¿De relatos también? Me gustó mucho el que me regalaste. Bueno, algunas historias me interesaron más que otras. Mis preferidos son el cuento de Teresa y Miguel y el de la chica que se queda sin recuerdos. Sin embargo, el último, por ejemplo, no me terminó de convencer.

Encendí un cigarro, me quedaban veinte minutos para entrar a trabajar y de repente me encontré en un improvisado club de lectura.

—¿Y eso?

—No sé, tanta historia cruzada, uno que entra, otro que sale. Hay momentos en que no sé si el de la revista está con la del cuarto o con la vieja. La gente quiere historias más sencillas, no líes tanto la madeja, que nos mareas. Espero que tu nuevo libro no esté lleno de cruces.

—No te preocupes, igual hay alguno, pero te haré caso.

—¿Y sobre qué estás escribiendo?

—Quería escribir una novela sobre mi abuela, ¿sabes? Una señora estupenda que vivió muchas vidas en una, pero me he bloqueado. Además, tendría que pedir permiso a mi madre y hablar con mis tías, sobre todo con la de Sevilla, que es la que más sabe de ella. De momento, estoy atascado.

—Ya veo. Esas historias de mujeres hechas a sí mismas suelen funcionar muy bien, las típicas que luego las llevan al cine o hacen una serie, y eso da dinero. Porque escribiendo se gana dinero, ¿no?

—Muy poco, casi nada. Si haces la media del tiempo que inviertes y el dinero que ves, la hora sale a precio de risa.

—Ya, bueno, seguro que un buen pellizco es. Y entonces, ¿de qué estás escribiendo si no es de tu abuela?

—Verás, el caso es que me han contado la historia de uno de mis vecinos, que quedó viudo, y estoy intentando averiguar más, pero ¿a quién le pregunto? Manda cada año, desde hace casi treinta, unas palabras al periódico, diciendo lo mucho que echa de menos a su mujer o lo duro que se le hacen los días sin ella. Vivía en el quinto de mi edificio, justo debajo de mí. El piso está cerrado, al menos desde que yo me mudé.

—¿No tienes portero? Pregúntale, ellos lo saben todo.

—Portera, sí, tengo portera. Está de vacaciones. Le pregunté hace tiempo, por simple curiosidad, y me dijo que el hombre pasa muy poco tiempo en esta casa, dos o tres días al año a lo sumo.

—Entonces, a ver si te entiendo, quieres escribir su historia, la historia de tu vecino del quinto. Pues imagínatela, ¿los escritores no hacéis eso? Os imagináis las cosas, os inventáis la realidad.

—Sí, pero no es tan sencillo, yo, al menos, necesito un ancla, unos hechos a los que agarrarme, un hilo del que ir tirando. Luego, claro que entra en juego la ficción.

—Bueno, tú haz lo que quieras, pero no metas a muchos personajes que se cruzan unos con otros, que me tuviste dos días leyendo ese dichoso relato, pasando páginas de adelante atrás como un tonto.

—Vale, no te preocupes. Si meto muchos personajes, los divido y antes de que entre en juego cada uno, pongo su nombre bien grande y clarito. —Me eché a reír—. Adiós, Jorge.

—Eso, eso. Eso estaría bien. ¡Hasta mañana!

Un día más no tengo gran cosa que hacer, la cultura se va también de veraneo y salvo buscar alguna imagen de agencia, mi principal tarea es ver pasar el tiempo. Bajo a coger un café a la máquina, me pongo los auriculares que convierten a cada periodista de la redacción en un ser aislado y buceo entre el aluvión de imágenes que llegan de todos los rincones del mundo. Es increíble la cantidad de cosas que suceden mientras nosotros dormimos. Un elefante pequeño ha muerto en la India y toda la manada ha ido a despedirle y han formado una especie de cortejo para arropar a su madre. En Tokio más de mil personas siguen durmiendo cada día en la calle para comprar un nuevo modelo de teléfono. Los lugareños en la plaza de un pueblo disfrutan de unos rayos. Una vez que he visto lo que ha hecho el mundo mientras yo me quedaba dormido en casa doña Amalia, saco los artículos del *Ahora* escritos por Simón que había impreso el día anterior y leo algunos al azar. No sé muy bien para qué hago esto, pero creo que me ayudará a conocer un poco más a ese vecino sobre el que he decidido escribir. Me hace gracia uno titulado de una manera al menos llamativa.

Chapa y pintura para un lunático
SIMÓN H. DÍAZ
Madrid

Entrar en el taller de restauración del Museo del Prado es como hacerlo en un quirófano. Batas blancas, gafas de aumento, lupas, silencio, limpieza y olor a pintura, a trementina y a madera necesitada de mimos. Uno imagina a los cuadros sedados, anestesiados, para que no les duela que escarben en su piel. A los trabajadores no les tiembla el pulso: manejan con aplomo los aperos y cuesta hasta apreciar su respiración. Cualquier fallo puede cambiar la historia de una obra de arte, desvirtuar el sentido con el que fue realizada, modificar su espíritu.

Debo confesarles que la idea de escribir este artículo surgió después de saber que uno de mis cuadros preferidos del museo, que suelo ir a ver con cierta frecuencia, había sido retirado para su cuidado. Se trata de *Los tres viajeros favoritos,* de John-Francis Rigaud, una obra sin mucho valor, pero cuya historia me fue contada una y otra vez durante mi infancia. Para no aburrirles, les diré que representa uno de los primeros viajes en globo que se hicieron en Gran Bretaña, allá por 1785, y que en la escena aparecen el aventurero Vincenzo Lunardi, George Biggin y la actriz Letitia Anne Sage, la primera mujer británica que montó en globo.

El óleo ha ido perdiendo brillo, se ha ido oscureciendo y no se aprecian muchos detalles. Por ejemplo, la tela del globo representa la bandera británica y ya casi es imperceptible.

Siempre ha habido mucho debate en torno a la restauración y la conservación de obras de arte. Ana María, la jefa de este departamento, nos comenta que la mejor restauración es aquella que no hay que hacer, pero que en ocasiones no queda más remedio.

Terminaré esta crónica tomándome otra licencia. Espero que pronto estos tres lunáticos cuelguen de nuevo de las paredes del museo y podamos admirar en todo su esplendor sus rostros. A ese cuadro, como imagino que ustedes a otros, le debo mucho, incluso le debo haber encontrado al amor de mi vida.

«Haber encontrado al amor de mi vida...». O sea, que gracias a ese cuadro, Simón había conocido a Ana. ¿Cómo habría sido? ¿Habrían coincidido en alguna exposición? El final era algo cursi, la verdad, no sé si le hubieran dejado publicarlo hoy en día. O al revés, quizá era un texto más publicable en la actualidad, porque muchos periodistas hacen crónicas de exposiciones bajo su punto de vista personal.

Decido llamar inmediatamente al museo. Hablo con la persona que está de guardia y después de varias consultas me confirma que el cuadro está colgado y que forma parte de la exposición *La belleza encerrada.* Es curioso, yo mismo cubrí esa exposición y no reparé en él.

Con la excusa de que tengo que ir a grabar un reportaje sobre una exposición de dibujos de Roma, me planto en el museo. Entro por Jerónimos y rastreo las salas A y B. De repente, aparece ante mí *Los tres viajeros aéreos favoritos.* Simón no había puesto completo el título en su crónica. Lo imaginaba más grande, aunque si forma parte de esta exposición, tenía que ser pequeño por fuerza. En la cartela pone que es una donación de la duquesa viuda de Pastrana, tomo nota. No tengo claro para qué apunto esos detalles, pero pienso que siempre son útiles. Lunardi debe de ser el que se quita el sombrero, pobre, luego se quedó en tierra por exceso de peso, y el otro hombre, George Biggin, parece como que tiene prisa, porque está consultando su reloj, quizá tiene hambre. En el catálogo se señala que merendaron en el aire, aunque las malas lenguas de la época contaban otras cosas. Me quedo un rato mirándolo. Es guapa Letitia Sage, la verdad. Doy unos cuantos pasos hacia atrás e imagino a Ana y a Simón delante del cuadro. En mi imaginación ellos se conocieron casi casi en ese metro cuadrado que ahora mismo habito yo. Y vuelve a mi cabeza una frase que no puedo dejar de repetirme: ¿qué pasó aquella mañana?

ANA

Desde muy pequeña, Ana soñaba con ser artista de circo, malabarista, equilibrista o incluso payasa. Eso respondió la primera vez que le preguntaron en la escuela por lo que quería ser de mayor. El resto de chicas se burló de ella, pero su empeño era llegar algún día a la pista central como Miss Mara, la mujer a la que había visto en un periódico subida en lo alto de un trapecio desafiando a todos. Esa fotografía colgaba en un corcho de su habitación junto a todos los artículos que había ido recopilando de esa mujer circense de Cádiz, que poseía poderes mágicos para ella y que de trapecio en trapecio había logrado llegar hasta el Circo de los Hermanos Ringling, el mejor y mayor espectáculo de la tierra. En uno de esos recortes se narraba la fatal caída que había sufrido desde catorce metros —Miss Mara trabajaba sin red— y que la mantendría alejada del circo durante dos años. Cuando volvió, a Ana ya le habían quitado de la cabeza ser trapecista, pero siempre pensó cómo habrían sido sus días de haber tenido el valor suficiente para llevar una vida nómada de ciudad en ciudad, de carpa en carpa. Quizá ella también hubiese logrado reunir a dieciocho mil personas en el Madison Square Garden y aparecer en el *show* de Ed Sullivan.

Durante sus primeros años de vida Ana se sintió hueca, como si le faltara algo. No lograba saber exactamente qué sucedía en su interior, pero la ausencia estaba muy presente. No fue hasta tiempo después cuando supo que sus padres, Samuel y Felicidad, esperaban mellizos y que con ella debía haber venido al mundo Antonio, pero el parto se complicó y su hermano no pudo sobrevivir. Ana era la mayor de los dos, por unos minutos, por estar mejor situada en la placenta, por buscar antes la salida, y quizá eso le había salvado la vida, porque las complicaciones llegaron justo después. La muerte de Antonio era un tema tabú en su casa. Nunca se nombraba, nunca se hablaba de él y sólo una vez al año, cada día de Todos los Santos, iban a colocar flores a un panteón familiar donde debajo de su nombre sólo ponía un año, así, en singular, sin una 's' al final. Año, no años, una vida sin plural.

Ana no preguntaba nunca nada, porque sabía que ciertas cosas no deben preguntarse.

Durante sus tiempos de juegos circenses se inventó un ayudante que se llamaba Antonio. Felicidad, que había perdido el nombre en aquel parto, no podía contener las lágrimas al asomarse a la habitación de la niña y escucharla.

—Antonio, ahora me tienes que ayudar a subir.

—Antonio, tú eres el encargado de anunciarme. Te pones en mitad de la pista y gritas que Miss Serná es la mejor trapecista del mundo y que después de una gira por América para hacer el doble salto mortal sin red llega hasta aquí para dejar con la boca abierta a todos.

Así que Ana creció entre trapecios invisibles y compañeros de juegos muertos. Era una niña especial, imaginativa, lista y lista. O al menos eso dijo de ella su maestra al ir sus padres al colegio para pedir explicaciones de los deseos circenses de su hija.

—No se preocupen, muchos niños quieren dedicarse a cosas extrañas o imposibles. Miren, en clase tengo otra niña que sueña con ser amazona.

—¿Entonces no tenemos que darle importancia?

—Ninguna, salvo que la vean subida a un alambre o algo similar. —Amparo, la maestra desde hacía años en el colegio del pequeño pueblo de Trupia, sonrió.

En Trupia los inviernos eran tan largos que muchas veces se comían la primavera y rozaban un verano que duraba siempre demasiado poco para todos. Era extraño ver a niños jugar en las calles durante los meses más duros, iban de la escuela a casa y de casa a la escuela. Los trupienses hacían vida de puertas para dentro durante más de la mitad del año. Sólo se salía para comprar lo indispensable y reponer la leña que no paraba de quemarse. Era tanto el frío que hacía que se había acordado que las clases en el colegio se dieran sólo durante seis meses, alargando la jornada un poco para compensar. Así que los niños se despedían a finales de octubre y no volvían a verse hasta casi junio.

Ahí quizá también radicaba la explicación de los amigos imaginarios. En el caso de Ana era ese Antonio escrito en la tumba que visitaban recién comenzada la cuarentena de frío, pero casi todos los niños y niñas de Trupia tenían un compañero de juegos para sobrellevar el invierno sin fin. Si hubiera habido que realizar un censo serio del pueblo, el número de habitantes habría sido mucho mayor que el oficial.

Los mayores miraban a los niños muchas veces extrañados o incrédulos, pero para los pequeños incluir a los amigos invernales en las conversaciones era lo más normal del mundo.

Trupia además tenía una orografía complicada que modelaba en cierta forma la dura personalidad de los vecinos. En los seis meses de invierno, el sol no entraba casi nunca, no lograba vencer la altura de las dos montañas que rodeaban el pueblo y la sombra y la oscuridad se apoderaba de todo. Sólo a partir de abril y mayo empezaban a llegar los primeros rayos, aunque únicamente a una pequeña parcela situada a las afueras. El fenómeno tenía su explicación lógica: la montaña que daba al sur tenía un ligero bocado en su cima que hacía que pasase el sol un poco antes. Casi todos los trupienses iban a ese pequeño pedazo de tierra situada en ningún sitio y por allí paseaban de un lado a otro, bordeando los límites que marcaba el sol.

En verano el pueblo cambiaba tanto que parecía un pueblo como cualquier otro.

Entonces, los amigos invisibles descansaban guardados en armarios invisibles o en trasteros invisibles hasta que volvía a ser necesaria su presencia invisible.

Después de abandonar la idea de ser la mejor trapecista del mundo, Ana sabía que más temprano que tarde debería abandonar Trupia para tener opciones de vivir una primavera, la que fuera, pero que calentara algo. Una hermana de su padre vivía en Madrid y la familia ya había acordado que podría trasladarse allí una vez que acabara el colegio. A regañadientes había aceptado dejar el trapecio por los estudios de secretaría, que decían que tenían mucho futuro.

La ciudad le pareció otro mundo: bullicio, gente por las calles a todas horas, bares y cafeterías llenas, teatros, cines.

Aquellos años transcurrieron entre las clases de mecanografía, ayudar a la tía Inés, la lectura y sus largos paseos por el Retiro, un parque que era más grande que todo su pueblo y en el que sol ganaba cualquier batalla.

Su lugar favorito era el Museo del Prado, donde podía pasar horas y horas. La pequeña Ana, la aspirante a trapecista, se había convertido en toda una mujer, pero mantenía intacta su imaginación adquirida a la fuerza durante los seis meses anuales de frío de Trupia. En cada cuadro que veía en el museo, inventaba una historia y se la contaba a su hermano invisible.

—Aquí, la chica es una actriz muy famosa a la que estos dos caballeros quieren conquistar. Después de alargar mucho su decisión, ella les ha prometido decidirse por uno si le dan un paseo en globo. Cuando lleguen al punto más alto, elegirá. Y se quedará con el de su derecha, porque el otro le parece demasiado presuntuoso.

No me podía concentrar en nada, era imposible. Simón, Ana, Amalia, el actor, el cuadro se habían convertido en personajes de mis jornadas veraniegas. Me quedaban todavía quince días solo en casa y calculé que al menos una semana de soledad en el edificio.

Encendí el ordenador y abrí la escuálida carpeta en la que ponía «Adela». Allí seguían los 1.710 caracteres sin espacios o los 2.079 con ellos que ya estaban escritos dos meses atrás. Lo de contar caracteres es una manía que tengo desde el libro de relatos, quizá venga dada por mi trabajo en la tele, donde cada letra cuenta. El caso es que cada cuento tenía unos diez mil caracteres aproximadamente, y el libro entero rondaría los doscientos cuarenta mil. En esta última cifra se mueve una novela también media, así que me quedaba un océano que atravesar por delante y no veía la manera de empezar a nadar.

Minimicé la ventana de Adela sin poder evitar sentirme culpable y abrí el navegador de internet. A mi correo electrónico personal habían llegado varias ofertas para subscribirme a tiendas *on line* y un *email* de Antonio. Antonio es un buen amigo al que conocí a través de Fran, mi mejor amigo. Me reí un buen rato con su correo, al que quizá no le faltaba razón.

Bueno, por fin he logrado juntar el valor necesario para sentarme y escribir este correo. Llevo toda la semana pensando en él, pero sin saber qué iba a poner.

Sí, fui yo el que te dijo que tenía ideas buenas para tu novela. ¿Ideas buenas? ¡¡¡No valen nada!!!

A mí siempre me ha gustado la idea de escribir un libro, pero cuando creía que tenía una idea original o solamente una idea, no me veía sentado delante del ordenador, sin poder expresar lo que me rondaba en la cabeza. Siempre llegaba a la misma conclusión: un libro no es sólo una idea, hay que rellenarla con palabras y palabras, páginas y páginas... Y claro, nunca me llegaba a poner con ello, me daba mucha pereza, aunque esa pereza imagino que enmascara otras cosas.

No sé los consejos que te habrá dado tu editor o editora, pero voy a ejercer yo de editor, espero que no te ofendas. Lo primero que tienes que saber es qué dirección tomar. Voy a decírtelo claro para que lo entiendas:

Dirección 1: escribir un libro en el que, leyéndolo, oiga tu voz, como si lo estuvieras narrando, tipo La vida es así, *donde no te sales de tu línea y escribes cosas aptas para todo tipo de público, tanto si tiene dieciséis años como sesenta y cinco. Esto, no. Ya has escrito un libro así.*

Dirección 2: aléjate de tu personaje de la tele. Que la gente compre tu novela porque le gusta tu trabajo y cuando lo lean piensen: «Joder con este. Este no es el del telediario, pero me gusta y se lo voy a recomendar a no sé quién».

Si vas a seguir con la dirección 1, deja de leer este correo; pero si vas a ir más por la 2, puedes seguir leyéndolo.

Yo, como lector, te recomiendo que no cometas los errores típicos de los escritores que escriben su primera novela. Quieren contar tantas cosas que meten mucha paja, se ve que tienen ansiedad por sacar todas las ideas o creen que quizá sea su último trabajo y lo vomitan todo. Al final, sobran capítulos. Otro consejo: ¡puedes escribir de lo que te dé la gana! Puedes inventarte lo que quieras, la idea más disparatada que se te ocurra. Vale, quizá esa no, pero tal vez le puedas sacar algo a esa idea. Una vez alguien escribió sobre un elefante que volaba con las orejas y aún sigue vendiendo. También es muy importante cómo desarrolles los tiempos: ahora se llevan mucho las novelas que te van contando una historia y van marcha atrás y te relatan vivencias de los mismos protagonistas pero en el pasado, mostrándote cómo se va creando el personaje del presente enraizado en sus experiencias anteriores. A mí me gusta bastante esta opción, no te da tiempo a agobiarte o cansarte con esos cambios temporales. Además de estos saltos en el tiempo, también es muy atractivo que te cuen-

ten varias tramas que aparentemente no tienen nada que ver, avanza la novela y siguen sin tener nada que ver, cuando va a acabar tampoco parece que tengan nada que ver y, al final, cuando crees que no tienen nada que ver, hay un punto de unión en las últimas páginas que da la vuelta a todo.

Échale un poco de picante a la novela, algo de sexo, eso ya sabes que funciona. El otro día, en una película, vi dos escenas con la misma chica. Una con su novio, el típico novio chuleta del que ella está un poco harta y desea perderle de vista. Imagínate la escena: muy vulgar. A los pocos minutos, la chica se acuesta con otro chico que la tiene prendada, y aquí nada de vulgaridad, era sexo casi explícito, pero muy elegante. (Sí, es Blue Valentine *la peli). Me encantaron las dos escenas, me gustó mucho esa comparación entre ambas. Son escenas de sexo sexo, pero lo de menos es el sexo: lo que importa es la diferencia entre una situación y la otra.*

Más cosas: tienes que meter en la novela a un niño que se llame León, los dos sabemos por qué. También se tiene que oír una canción de Los Planetas (suponiendo que escribas algo de esta época), pero lejanamente, que no sea muy evidente, que sólo lo pillen los fans como tú de ese grupo granadino. Si vas a escribir una novela sobre la Guerra Civil, te recomiendo que no nombres a Los Planetas, a no ser que aparezca también un Delorean. Mira, ahora que lo pienso, sí te pega escribir de la Guerra Civil, pero también te pega escribir algo actual... ¡Pues escribe de las dos épocas! Vas contando la historia de dos soldados de bandos contrarios que interactúan, ahora no se me ocurre por qué, y vas compaginándolo con la historia actual de un nieto de uno y una nieta de otro que son pareja, pero no saben que sus abuelos fueron enemigos-amigos. Dale una vuelta a la idea y cuando no te lleve a ninguna parte, le das otra, por respeto a mí.

Espero noticias tuyas.

«El lector manda», pensé. Y vistos los últimos éxitos editoriales, algo de eso debía tener mi futura novela. Claro, que en la historia de mi abuela iba a ser difícil de encajar una canción de Los Planetas, aunque seguro que podría encontrar la forma si me lo proponía. El problema es que no tenía historia de mi abuela, porque andaba perdiendo el tiempo entrando en casas ajenas, hurgando en otras vidas. Eso no se lo podía decir a Antonio, obviamente, así que le envié un whatsapp agradeciéndole sus sabios consejos.

Ja, ja, ja ;-) Tomaré la vía número 2, pero con algún resquicio de la 1.
Has empezado a escribir?
Algo, pero nada concreto.
Ya veo, labios sellados. Me lo puedes contar, que seré una tumba.
Que no hay nada todavía, sólo esbozos.
Vale. Te dejo, que me voy a cenar con Fran al gallego del Pilar.
Abrazo.
Abrazo.

Encendí un cigarrillo y empecé a prepararme para una nueva noche fuera. Es curioso, al bajar o subir por la escalera de mi edificio se ven perfectamente algunas estancias de las casas. Si voy del sexto al séptimo, mi habitación queda totalmente al descubierto por el patio de luces. Mi cama deshecha y, sobre todo, el lado donde duerme Mariona están al alcance de cualquiera. Volví a dejar la luz encendida y, armado con una linterna y mi manojo de llaves, regresé al territorio lejano y desconocido que siempre es la casa de un vecino.

Entrar en casa de doña Margarita fue más una cuestión de curiosidad que de necesidad, pero ya que estaba invadiendo indiscriminadamente todo piso que se me ponía por delante, el de ella no iba a ser menos. Margarita debía de haber muerto por lo menos diez años antes de que Mariona y yo nos instaláramos en el edificio, así que sería más correcto decir que entré en casa de Honorio, su marido. Sin embargo, todos los vecinos se refieren a la casa como la de doña Margarita y así se ha quedado.

Noelia me había contado la demencia que había sufrido la pobre y sus gritos continuos y lo mal que lo había pasado Honorio esos años al ver que se borraba toda su vida. Imagino que él estará pasando el verano con alguno de sus hijos. De todas las casas, esta era la más triste. El tiempo parecía haberse detenido y se respiraba tristeza. Quizá iba predispuesto por lo que sabía, pero nada más entrar en ella me invadió una sensación de soledad.

El salón era pequeño. En el centro, una mesa redonda con tapete de ganchillo coronada por un cristal hacía las veces también de improvisado álbum de fotos: allí estaban Honorio y Margarita y dos niños posando delante de El Escorial, y en la playa, y en las ventanas de esa misma casa. Una televisión antigua y un cuadro de la Virgen era casi únicamente lo que había. La cocina amarilleada también delataba su vejez, pero, de todo, lo más deprimente era el cuarto de baño, alicatado de azulejos verde agua, con una bañera grande con un agarrador plateado en el que imaginaba a Margarita bañándose. El baño me recordó mucho a una foto de Gregory Crewdson, un fotógrafo del que había hecho una pieza antes del verano. En la foto, una mujer con la mirada perdida apoya su espalda sobre un extremo de una bañera; sus pechos, su rostro, su pelo, todos los detalles de la fotografía denotan infelicidad o depresión. Y así era aquel baño, y así imaginé a Margarita, sola en él, esperando a que Honorio la ayudara a salir, sin fuerzas ni siquiera para maldecir lo que le pasaba.

MARGARITA

Margarita tenía todo lo que una mujer de su época podía desear: belleza, un buen marido y una casa heredada en el centro de Madrid. Sus estudios de enfermería iban bien y, si todo salía como tenía previsto, pronto trabajaría en la clínica Santa Cristina, que estaba a sólo un paseo de su recién estrenado piso. Con lo que no contaba Margarita era con su cabeza y con lo que había heredado por vía paterna.

Al principio, no dio importancia a que se le olvidara algo que le acababan de decir; un nombre, por ejemplo. Le presentaban a alguien y diez minutos después se lo preguntaba a su marido. El susto llegó cuando un día jugando, como cada viernes, con sus amigas a las cartas, no recordaba las reglas. Las partidas de canasta no tenían secretos para ella, pero, de repente, se dio cuenta de que no sabía lo que era abatir, apoyarse, canastar, ligar, comodín y el resto de términos que estaban utilizando sus contrincantes. Excusándose con un dolor de cabeza repentino, se marchó y en ese instante comenzó a ganar terreno un olvido que iba a instalarse de por vida.

Su caso era excepcional: la enfermedad más o menos se estabilizó después de aniquilar todos sus recuerdos y toda su existencia. La peor parte no fue, curiosamente, cuando estaba enferma del todo, sino cuando era consciente de que algo no funcionaba. Le aterraba recordar que iba a olvidar. Su cabeza viajaba al pasado con mayor frecuencia que nunca, intentaba traer al presente los días de verano y de playa, los días de juventud, de amor, de frío y de abrazos. Los traía para ordenarlos bien arriba en su cerebro, temiendo que lo remoto fuera lo primero que se evaporara. Sabía que estaba sentenciada, era enfermera y conocía la cara de una enfermedad que cambia el rostro y la mirada. Se había informado bien de que el pasado es más difícil de olvidar que los pretéritos.

—Hola, Margarita, ¿haces ejercicio, como te dije?

—Sí.

Honorio también asintió.

—Al menos baja y sube todos los días en casa por las escaleras. Y son siete pisos.

—Eso está muy bien. ¿Qué has comido hoy?

—Mmm... Sí, algo, espera.

—No te preocupes. ¿Has visto algún programa en la tele?

—Sí, claro.

—¿Cuál? ¿Puedes decírmelo?

—Uno de... Uno que hablaban de eso, de la cosa esa, de ese hombre.

—Ahora mira este lápiz rojo. Míralo un rato. Margarita, ¿te acuerdas de cómo conociste a Honorio?

A Margarita le cambió la cara. Sus ojos se convirtieron en los mismos ojos que un día, en un café del centro de Madrid, se encontraron con los de Honorio.

—¡Claro! ¡Cómo no me voy a acordar! Fue en el Café Comercial. Yo había quedado con mi amiga Teresa, que en paz descanse. Llegué, atravesé la puerta giratoria, que pesaba lo suyo, y en una de esas mesas de mármol estaba él, distraído, jugando al ajedrez con alguien. Yo me senté justo al lado de una columna, pero le podía ver por un espejo. Pedí un chocolate con churros y le pillé en varias ocasiones con los ojos clavados en mí. No sé por qué, una de las veces se me escapó una sonrisa. Teresa no llegaba, y cuando vi que aquel chico se levantaba y venía hacia mí, se me aceleró el corazón.

»—Llevaba tres años sin perder una partida, pero usted me ha desconcentrado.

»—Perdone, no era mi intención.

»—¿Puedo invitarla a otro chocolate o espera a alguien?

»—A una amiga que se retrasa.

»—Pues si no le importa, me siento a esperar con usted.

La doctora retomó el cuestionario.

—¡Qué bien, Margarita! Y usted, ¿sabe jugar al ajedrez?

—No se me da mal del todo, pero no juego tan bien como Honorio.

—¿Te acuerdas de lo que te enseñé antes? ¿De un lápiz que escondí? ¿De qué color era?

—¿Verde?

Honorio intentaba tragarse las lágrimas mientras maldecía que ya no fuese a existir futuro para ellos. La ausencia de presente lo devoraba.

Margarita siempre fue consciente de que se estaba apagando. Todas las noches tocaba la cara de Honorio, la rastreaba, la investigaba, la acariciaba como esculpiéndola, como si de esa manera el pasado inmediato fuera a tardar más en desaparecer. Pero se iba, se esfumaba, y ella volvía a tallar con las manos esos recuerdos.

Un día no supo nombrarlo, no le salió ese Honorio que tenía gastado de tanto usarlo. Se quedó quieta, paralizada, y apretó los ojos buscando en el armario de recuerdos que con paciencia había ido construyendo. En ninguna leja, en ninguna balda, en ningún cajón halló a Honorio, ni a los dos hijos que habían traído a este mundo y que empezaban a dejar de existir para ella. Sí se cruzó con su madre, con su tía, con una profesora de literatura que le había enseñado a leer comprendiendo, que no es lo mismo que leer a toda prisa, le dijo. Encontró un día en la playa en el que se quemó la piel y el sabor del helado de turrón que le compraba su padre cuando los dos paseaban hasta la hora de la cena.

—No le compres nada a la niña, que luego no me cena —decía siempre su madre. Y su padre sonreía y le guiñaba el ojo.

Encontró hasta ese guiño. Se cruzó con el hombre que ahora de espaldas estaba en la cocina preparando la comida, pero no con su nombre. Empezó a llorar, a temblar, le invadió un frío imposible de apaciguar. Honorio se dio la vuelta y la sonrisa que le quería dedicar se borró tan rápido que no llegó a ella. La abrazó, la apretó.

—No sé cómo te llamas. Te he encontrado dentro de mí, y debo quererte, pero ni siquiera sé tu nombre.

—Soy Honorio, cariño, siempre seré Honorio, y te lo diré las veces que sean necesarias, cada minuto, cada segundo, a cada instante. No te vas a olvidar de mí.

Al poco tiempo, ya no le quedó ningún tipo de recuerdos, sólo gritos a medianoche, llantos, agresividad. Los días de verano la desesperación se filtraba por el patio de luces y Honorio se disculpaba con los vecinos siempre que se cruzaba con ellos, en especial con un argentino que sabía que dormía de día y que se acababa de mudar al piso de al lado. Todos eran comprensivos. Durante años la enfermedad fue una inquilina más del edificio.

Margarita se podía pasar horas y horas en la cocina, mirando por una ventana que no daba más que a una pared blanca. Horas y horas tocándose el pelo, balbuceando palabras inconexas.

Un día, cuando ya no reaccionaba ante casi nada, se sobresaltó al escuchar un estruendo. Estaba junto a la ventana, como acostumbraba a hacer. Se asomó y vio a una mujer en el patio de luces, rodeada de sangre, y a un hombre, con el que se cruzó la mirada, cerrar una ventana.

Era 20 de septiembre.

A la mañana siguiente recorrí varias ferreterías. En cada una encargué una copia de las llaves de los pisos. Era mejor que me desprendiera de las originales, dejándolas en algún sitio tiradas, y empezara a trabajar con unas propias. No fue fácil encontrar una abierta en el barrio, incluso tuve que coger el 146 e ir al centro para poder hacer tanto duplicado. El aspecto de las calles, de las aceras era fantasmagórico; había poca gente y muchos comercios cerrados, algunos escaparates anunciaban liquidación. De vuelta, pensé que quizá en alguno de esos establecimientos medio ruinosos que estaban en mi misma calle comprarían Ana o Simón, seguro que tiempo atrás eran florecientes como mis vecinos. Es terrible comprobar cómo se apagan las personas y los lugares que formaban parte del paisaje de sus vidas.

En total tenía ya las catorce copias: catorce llaves que abrían otras tantas vidas. Aunque no iba a utilizarlas todas —bastante tenía ya con los pisos que llevaba invadidos—, decidí por si acaso copiar el juego completo.

Aquel sábado tuve que hacer un viaje relámpago a la casa de veraneo de mi familia, por la tarde se iban a esparcir las cenizas de mi padre en el mar y nos reuníamos para darle ese último adiós tan peliculero. Mi hermano llegó un poco tarde, se hizo de noche y eso dificultó un poco las cosas.

La escena tenía tintes tragicómicos. Descendimos por un pequeño acantilado para buscar un lugar apropiado, donde no se nos viera y en el que el aire no hiciera que termináramos con un trozo de mi padre en la cara.

Echar las cenizas al mar es un rito muy antiguo. Una antigua civilización tenía un método que no estaba nada mal: se embarcaban durante tres días cargados de comida y bebida y aprovechaban para discutir los temas de la herencia. Ahora era distinto. Por lo que he leído, en los últimos tiempos mucha gente lo hace en nuestro país y se ha empezado a convertir en un problema. En las marismas de El Rocío dejaron las cenizas de una persona muy conocida, a la gente la idea le gustó y otros tantos fueron detrás. Casi todos incluían la urna en ese último gesto. Pronto, al bajar la marea, comenzaron a aparecer urnas, flores, adornos y demás detalles que se dejan con el difunto. Así que las autoridades habían tomado cartas en el asunto y cada lugar de la costa había establecido unas normas. En algunas provincias la multa podía ascender a los quince mil euros.

Bajamos hasta el mar, alumbrando con los móviles el camino, hasta llegar a una pequeña lengua de tierra. Después de varios intentos, se abrió la urna y mi padre se fue mar adentro. Me llamó la atención la cantidad de ceniza que sale de un ser humano. La ceniza tornó de repente el agua en blanco, como con espuma. Mojé la mano, me la pasé por la frente y me despedí de un padre del que casi todos los recuerdos que tenía eran ya de un pasado demasiado lejano.

Cuando acabamos, me acerqué a casa de mi madre para darle un beso y emprendí viaje de regreso.

Otra vez el garaje desierto. Entré en el portal y al llegar al ascensor casi me dio un infarto: había luz en casa de Noelia. Tenue, pero luz, luz suficiente para dejarme claro que había vuelto. ¿Cómo era posible si estábamos a 13 de agosto? ¿Qué demonios hacía allí? Esto cambiaba todo, debía ser mucho más cuidadoso y previsor. Subí directamente al quinto izquierda, a casa de Simón.

El pequeño piso de Noelia da a uno de los patios de luces de la comunidad, al mismo al que se asoman las ventanas de mi habitación y la de Simón, así que no iba a poder encender prácticamente ninguna luz —las de las estancias que dan directamente a la calle de Alcalá no las encendía nunca—. Sólo en la cocina iba a poder tener un poco más de visibilidad.

Volví a dar vueltas por la casa, a abrir armarios, a sacar cajas. Encontré una llena de papeles, de facturas, de resguardos de tintorerías, de recibos de luz. En otra estaban las escrituras y el contrato de compraventa. Mira, también le compraron la casa a Manuel Aranda. Seguro que les soltó el mismo rollo que a nosotros. Qué raro es todo. Simón y Ana un día fueron dos jóvenes ilusionados que compraron una casa en el centro de Madrid, dos enamorados con media vida por construir juntos. ¿Y ahora qué?

Entre las hojas del contrato había una foto de la boda: guapos, elegantes, congelando un instante que muchos años después llegaba indeleble a mis manos. Al lado, imagino que los padres de ambos, y detrás, escrita a mano, una fecha: 14 de agosto de 1972.

14 de agosto, su aniversario. Era justo al día siguiente. Al pensar en ello, me vino a la mente una de las esquelas-recordatorios que había leído publicada en el *Ahora*. Busqué en todos de una manera febril, como si estuviese cerca de una pista importante. Allí estaba:

Ya sabes que yo celebro dos aniversarios: el de nuestra boda y el del día que nos conocimos. Este año la herida estaba demasiado abierta y no tenía que haber ido al museo a ver otra vez ese cuadro. Me derrumbé. Ese cuadro no tiene sentido si no lo miramos juntos, si no sonríes al fijarte en Lunardi. Siempre quise llevarte en globo. ¿Por qué te fuiste? ¿Qué pasó aquella mañana? Te echo de menos, ha pasado un año y cada día es una tortura. Te quiero, te quiero en presente, porque no me acostumbro a que seas pasado.

¿Y si Simón fuera este 14 de agosto a ver el cuadro? ¿Y si pudiese acercarme y verle en persona? ¿Ver cómo se conserva, ponerle una cara actual, comprobar qué siente al estar delante de los tres viajeros en globo? El corazón se me aceleró. «Seguro que es una tontería», pensé. Pero por primera vez lograba relacionar dos detalles y uno de ellos quizá diera algún fruto. No tenía nada claro para qué me iba a servir saber cómo era Simón, pero me pareció importante. Estoy harto de ver películas y de leer libros llenos de detalles que luego son cruciales, de miguitas de pan que el director o el escritor van dejando para que sigas su camino. Bien: pues estas eran mis miguitas de pan.

Amanecí en el viejo sillón orejero, lleno de sueño y de dolor de espalda. Me incorporé, ordené todo tal y como lo había encontrado, y abrí la puerta. Me acordé de Noelia, así que la cerré con mucho, mucho mimo, subí despacio por las escaleras y metí mi llave en la cerradura.

—Hola, ¡qué temprano has salido a la calle! ¿Qué pasa, no te ha funcionado el ascensor que subes andando?

—¡Noelia! ¡Vaya susto me has dado! No, no, el ascensor sí funciona. Como con el trabajo no me da tiempo a ir al gimnasio, estoy aprovechando, siempre que puedo, para subir y bajar andando. Vengo de ver si estaba abierta la pastelería de la esquina, pero nada, desayunaré en la tele. ¿Qué tal las vacaciones?

—Mal. He tenido que volver antes, porque me han llamado de mi otro trabajo. Resulta que dos compañeras se han cogido la baja y me han fastidiado. Y ya sabes que no están los tiempos para negarse a nada.

—¡Vaya! ¿Y qué horario tienes en el otro trabajo?

—¿Cómo?

Vaya pregunta torpe y sin sentido acababa de hacer. Que qué horario tienes en el otro trabajo. ¿Y a mí que me importa o para qué coño lo quiero saber?

—No, digo que si tienes un horario que al menos te permita descansar un poco, para que no te fastidien las vacaciones del todo.

—Ya.

Me estaba volviendo un paranoico. Ese «ya», seguido de nada, me daba la sensación de que era un «ya, te crees que soy tonta, que no sé que andas entrando en los pisos y que ahora mismo vienes del quinto izquierda de husmear o de hacer vete tú a saber qué tipo de cosas...». Me sonaba a eso el «ya». Se me hizo larguísima la brevísima pausa que lo separó de la siguiente palabra, que fue un «pues».

—Ya. Pues mira, hijo, entro a eso de las seis de la tarde y regreso sobre las doce o la una. ¿Y tus vacaciones, qué tal? ¿Y Mariona? ¿Cómo lo lleva?

—Mis vacaciones, regular también. El último día de julio se murió mi padre, así que digamos que no han sido unos días buenos, estoy algo desorientado. Y Mariona muy bien. Con la barriga creciendo mucho, pero lo lleva estupendamente, ni una molestia. Está en casa de sus padres, en la playa.

—Vaya por Dios, siento mucho lo de tu padre. Mi más sincero pésame, dale un beso a tu madre. Y otro a Mariona. Bueno, pues por aquí nos veremos tú y yo. No hay nadie más en el edificio, creo. Cualquier cosa que necesites, me dices.

Mis excursiones iban a tener que ser más cuidadosas de ahora en adelante, debía vigilar bien los movimientos de Noelia. Menos mal que de su trabajo en la portería seguía de vacaciones: eso significaba que no me la encontraría en ningún descansillo barriendo o limpiando. Pero, entonces, ¿qué hacía ahí, en la escalera, donde me la había encontrado? ¡Seguro que estaba buscando el manojo de llaves! Ya lo encontrará, lo dejé junto al cubo de la basura que guarda en el patio.

De camino al trabajo, otra vez el parque, otra vez Jorge y un pitillo con él. Nos sentamos unos minutos a la sombra del monumento dedicado a Bécquer.

Me gusta pararme a leer las rimas que están talladas en la piedra. Delante, la LVI:

Hoy como ayer, mañana como hoy,
¡y siempre igual!
Un cielo gris, un horizonte eterno
y andar... andar.

Y en el reverso, la rima LXVI:

¿De dónde vengo?... El más horrible y áspero
de los senderos busca;
las huellas de unos pies ensangrentados
sobre la roca dura.

Y al mirar hacia arriba te encuentras al poeta como caminando con las manos atrás, con la mirada enamorada y el aire romántico de un hombre no correspondido. Debajo de él, dos figuras: la de una mujer que representa las *Rimas* y la de un hombre que representa las *Leyendas*.

—Oye, Jorge, ¿tú crees que terminarán privatizando el servicio de jardinería?

—Pues seguro. Total, ¿qué importamos? Nadie repara en que todo está bien cuidado y bonito hasta que deja de estarlo, y cuando deje de estarlo, pues la gente dejará de venir, y cuando eso pase, pues se cierra el parque y dentro de unos años se construyen casas y sanseacabó.

—No, hombre, aquí casas no, imposible. Este parque no puede desaparecer.

—Cosas peores se han visto. Fíjate, hace muchos años, muchos, se hizo un parque a la altura de las calles Velázquez, Hermosilla y Castelló. Pues no duró nada abierto y ahora ese parque es el barrio de Salamanca. ¿Y quién se acuerda? Nadie. Las cosas se hacen y el tiempo las convierte en normales, en paisaje. Si hoy cerrara este parque, dentro de treinta o cuarenta años alguien dirá «¿sabes que aquí hubo un parque?», y ya está. Y hoy alguien trincará pasta seguro. Todo pasa, todo.

—Que no, que te digo que no. De momento, vosotros sois imprescindibles. Imagínate a Bécquer aquí, sin conocer a nadie, o a Pushkin, que al ruso pocos le hacen caso.

—Pobre, lo conocen pocos paseantes y la competencia de Bécquer es tremenda, pero fíjate que el tipo escribía bien. Mi padre trabajó también en el parque y me contó que cuando inauguraron la estatua, hasta salió en el periódico. Si me acuerdo, te lo traigo un día.

—Estupendo. Te dejo, que llego tarde.

Rimando en ruso

SIMÓN H. DÍAZ
Madrid

No hay indicios de que el ruso sea un idioma muy extendido en Madrid. Es más, quizá no lo hable nadie en la ciudad, pero la poesía trasciende las lenguas y encuentra rimas en los lugares más insospechados. Fría sí rima con Rusia, y por eso quizá se eligió la mañana de uno de los días más heladores que se recuerdan para la puesta de largo de la estatua de Alexandr Pushkin, el gran literato ruso de mediados del siglo XIX, en el Parque de la Quinta de la Fuente del Berro. El nuevo inquilino, vestido de riguroso hierro, con patillas largas y pelo alborotado, iba pertrechado con una casaca bien abotonada hasta el cuello y se mostraba relajado ante la comitiva oficial encabezada por su compatriota el embajador ruso Yuri Dubinin y el alcalde Tierno Galván. Este periódico optó por quedarse después del acto e intercambiar impresiones con el protagonista de la mañana. En tono coloquial nos dijo que estaba encantado de tener cerca a Bécquer, del que conocía sus *Rimas* y *Leyendas* y que estaba seguro de que sería un excelente conversador. Pushkin es quizá uno de los grandes de la literatura del siglo pasado y a él le debe mucho el llamado siglo de oro ruso.

Recuerdo aquel instante prodigioso
en el que apareciste frente a mí,
lo mismo que una efímera visión
igual que un genio de belleza pura.

Pushkin fue poeta hasta en la forma de morir: falleció en un duelo, en un mes de enero tan frío como en el que estamos. Un militar francés faltó al respeto a su esposa, una de las mujeres más guapas de la época. La cuestión terminó con una bala en el abdomen. Cuentan las malas lenguas que la pistola de Pushkin estaba manipulada y no funcionó. Y se apagaron las letras y los versos. Ojalá en este parque encuentre la misma paz que encontró durante su retiro en Boldino, donde escribió y alumbró palabras que riman en cualquier idioma.

—No puedo seguir así. No me parece justo para Simón, es un hombre bueno que lo ha dado todo por mí. A veces descubro que en vez de estar leyendo el periódico me está mirando por encima de las hojas, le sorprendo y se ríe, y al preguntarle qué está haciendo, me responde que ser feliz.

Mientras Ana decía esto, ya estaba casi en la cama de Héctor, semidesnuda, abocada de nuevo a media hora llena de pasión, de gemidos, de no reconocerse. Enfrente de la cama había un espejo y muchas veces, al verse mientras se dejaba hacer, le costaba pensar que la mujer que se reflejaba era ella. Cuando terminaban, sudorosos, jadeantes y tan desnudos, Héctor encendía un cigarro y a ella le comían las dudas y los remordimientos.

—Cariño, no te preocupes por Simón, no tiene por qué enterarse. Aunque ya te he dicho cientos de veces que si quieres dejarle, yo estoy dispuesto a empezar de cero contigo.

—¿Y qué haríamos? Tú, trabajando en la coctelería, y yo, yo vete a saber haciendo qué. Simón no se merece esto.

—No te angusties, todo saldrá bien.

—Vale, olvídalo. Mira, voy a dejar una copia de la llave de mi casa aquí, por si alguna mañana se me olvida y me quedo en la calle. Imagínate, en bata y pidiéndole a Noelia que me abra. La de preguntas que me haría.

—Dámela, que la guardo dentro de esa rana que hay encima del armario.

—Perfecto, me bajo. Dame un beso.

—¿Cómo que un beso? Ven aquí. No he terminado contigo, no he empezado contigo.

—Son catorce euros.

—Tengo carné de prensa.

—Estupendo, ¿me lo muestra? Perfecto. Pues tome la invitación.

—Gracias.

—Que disfrute.

El Prado acababa de abrir, estaba desperezándose todavía. Fui directamente a las salas de la exposición de *La belleza encerrada,* en busca de los viajeros, y me aposté cerca de él, para tener una visión de todos los visitantes. Al cabo de dos horas, nadie se había parado a mirar con detalle el cuadro. Empecé a andar de un lado a otro, sin perderlo nunca de vista. Había pedido cambio de turno en el trabajo, mi hora límite eran las dos, me quedaban todavía tres para disimular y que los encargados de seguridad no comenzaran a mosquearse con el visitante perpetuo de la sala. Es increíble lo lento que se puede pasear cuando uno se lo propone. Calculé que un paso puede durar en torno a cinco o seis segundos si no lo quieres dar. Podía tardar cuatro o cinco minutos de una parte a otra de la estancia.

Me puse a ajustar el día de mi viejo reloj, herencia de mi padre. Tenía que pasar dos vueltas completas la aguja de las horas para que transcurriera un día. Cuando iba por el diez, levanté la cabeza y vi a un hombre ensimismado delante del cuadro de Rigaud.

El corazón empezó a latirme con fuerza. Tenía la misma sensación que antes de un examen importante o cuando se habla en público, al menos a mí, que me cuesta mucho. Tembloroso, me acerqué al cuadro y me puse cerca del hombre, pero un poquito por detrás.

Era alto, de cabellos ondulados ya canosos; vestía un vaquero oscuro y una camisa blanca remangada hasta los codos. En el Prado está prohibido hacer fotografías, así que tuve que ingeniármelas para poder hacer una. Me puse como si estuviese hablando por teléfono y aproveché que se puede disparar con los botones del volumen y me crucé delante de él. Zas, zas, foto.

Transcurridos diez o quince minutos decidí actuar.

—Es bonito el cuadro, ¿verdad? Y muy curiosa la historia de los viajeros.

—¿Perdón? Ah, sí, sí, me gusta mucho —respondió el hombre que para mí ya tenía la cara de Simón.

—Y poca gente se para a admirarlo, no llama mucho la atención.

—Bueno, no es de los más conocidos. Para mí es especial, le tengo mucho cariño.

—Ah, ¿sí? ¿Y eso?

Me había pasado: aquella pregunta estaba fuera de lugar, era demasiado directa e intimidatoria.

—Cuestiones personales. Si me disculpa, me gustaría mirarlo un rato en silencio.

—Por supuesto, perdone.

En el autobús, camino del trabajo, abrí las fotos y repasé los rasgos de aquel hombre todavía enamorado. Al pellizcar la foto para ampliarla vi con claridad que sus ojos estaban llenos de lágrimas sin derramar. Tantos años después la herida no había curado.

—¡Ja, ja! Huy, perdón, es que me hace mucha gracia.

—¿El qué, señorita?

—La cara de ese hombre, su postura, su forma de mirar. No sé, me gusta este cuadro a pesar de que es un poco cursi, ¿no cree?

—Bueno, yo no diría cursi. Tiene mucha historia detrás. A mí me la contaron muchas veces de pequeño, aunque algo deformada; digamos que la versión oficial.

—No me diga que encierra algún misterio.

—¡Qué va! ¡Ninguno! Pero digamos que esa escena no existió nunca en la realidad.

—Es ficción.

—Está basada en hechos reales. Verá, la mujer es una actriz de la época y la primera mujer que subió en globo en Gran Bretaña. Si se da cuenta, por las nubes, el globo está en pleno vuelo, pero en realidad no subieron los tres.

—¿Ah, no? ¿Y quién se quedó en tierra?

—El que a usted le hace tanta gracia. Vincenzo Lunardi, que era un caballero.

—¡Ja, ja! Perdón otra vez.

—No pasa nada. Resulta que la actriz, según me contó hace poco un conservador del museo, era guapa, pero no tan estilizada como la pintó el artista, digamos que pesaba en torno a los noventa kilos y el globo no podía elevarse con ese peso. Así que Lunardi, un caballero italiano que ya había volado muchas veces, decidió bajarse y dejar a Letitia, o Leticia, como me enseñaron a mí a decir, que voló con la compañía del señor Biggin, que no paraba de mirar el reloj.

—Es usted todo un experto en arte.

—No, en absoluto. Es sólo que este cuadro ha estado muy presente en mi vida.

—Qué bonito eso de tener un cuadro al que visitar de vez en cuando.

—Soy periodista, hago crónicas de cultura en el diario *Ahora* y siempre que vengo al Prado aprovecho para echarle un vistazo.

—¡Periodista! Qué emocionante, qué divertido y qué envidia. O sea, que ahora mismo estás trabajando...

—Bueno, ahora mismo... Estos últimos cinco minutos no.

Ana sonrió y un ligero sonrojo asomó en sus mejillas.

—Muchas gracias por haberme contado la historia de Leticia.

—De nada, ha sido un placer.

La mente de Simón, que siempre había funcionado deprisa, empezó a maquinar la manera de que aquello no fuese un adiós definitivo. Tenía que volver al periódico, así que quedaba totalmente descartada una invitación en alguna cafetería cercana.

—¿Te gustaría que te contara la historia completa tomando un café o un té un día de estos? No sé, mañana, por ejemplo, que es sábado.

—Pues, vaya. Mmm... Espera.

—Lo mismo te he importunado... Perdona.

—No, qué va, en absoluto. Es que pensaba que en vez de a un café me invitarías a subir en globo, pero acepto ese café.

—Ja, ja. Estupendo.

—Por cierto, me llamo Ana Gómez Serná, con acento en la 'a'.

—Anda, qué tonto. Claro, perdona otra vez. Yo me llamo Simón Hurtado, con acento en la 'o' de Simón.

No podía creer lo que estaba viendo. Podía haber fácilmente mil o incluso dos mil cartas. Todas parecían cerradas. Y todas parecían ser de nuestro edificio y de los dos portales colindantes. Metí el brazo todo lo que pude en una de las sacas. Algunas tenían más de treinta años: había matasellos de 1980, de 1983, incluso de 1978. El tercero izquierda resultó ser una especie de oficina de correos. ¿Qué diablos habría estado haciendo don Marcos con las cartas durante todo este tiempo? ¿Y cómo nadie las ha reclamado o echado de menos? En Mariona y en mí se entiende, recibimos dos o tres de los bancos y a veces ni eso, porque hemos optado por facturas digitales. Pero en algún momento, hace tiempo, la gente tuvo que sospechar algo.

Cogí una al azar. Iba dirigida a una tal Cristina, del cuarto derecha de nuestro edificio. La noche se volvía a presentar larga.

La casa del tercero era bastante más pequeña que el resto de viviendas, acababa donde en mi piso empiezan las habitaciones. Un recibidor, una habitación de tamaño medio con una cama individual, una cocinita, un baño con bañera y un salón en el que todo estaba comprimido. Me imaginé que los metros que había perdido esta vivienda los había ganado el otro tercero. En esta se hacía evidente que sólo vivía una persona: el sofá, de color claro, era pequeño, la cama individual. Hay quien se acostumbra, o lo hace porque no le queda otra, a dormir toda la vida en una cama de noventa; va pasando el tiempo y al final no encuentran a la persona adecuada para compartir el colchón. Es uno de los grandes pasos vitales: cuando nuestras noches dejan de transcurrir en una cama de ochenta o noventa y pasamos a la de uno treinta y cinco. Una persona mayor con una cama de noventa denota demasiada soledad. El cartero debía de saber mucho de eso seguramente.

Cristina, cariño, no contestas a mis cartas ni a mis llamadas, ni por supuesto tu madre me abre el portal o la puerta de tu casa cuando logro colarme en el edificio. Espero que al menos te haya dado las flores que te compré en tu último cumpleaños.

Te lo voy a decir otra vez, y te lo diré tantas como sean necesarias: me da igual lo que hayan dicho los médicos, me da igual que no vuelvas a andar o que ni siquiera puedas salir de casa, yo sólo quiero estar contigo.

¿De quién hablaba? ¿Quién sería aquella Cristina que vivía en el piso de doña Amalia? ¿Qué enfermedad sufría? Probablemente, se trataría de algún familiar.

Seguí rebuscando entre la correspondencia nunca correspondida.

—Vaya, una para Héctor Puerto, del séptimo izquierda, que manda un tal Pedro Sebastián. La cartita debe de tener unos años. El sobre no está cerrado, qué raro. Casi más parece una prueba que una carta en condiciones.

Estaba tachada: un aspa atravesaba toda la cuartilla.

Héctor, esta carta hace un recorrido largo, teniendo en cuenta que bastaba con haberla echado a tu buzón yo misma, pero sospecho de cualquier ruido y de cualquier gesto y de que Noelia salga justo en ese momento. Incluso he puesto otro nombre en el remite para no dejar ninguna pista. Te escribo porque me falta valor para decírtelo cara a cara y porque probablemente me desarmarías y me convencerías para que cambie de opinión. No puedo seguir así, no quiero pasarme la vida entre dos hombres, no es justo para ninguno de los tres. Vuelvo a decirte que Simón no merece lo que le estamos haciendo y se moriría si se enterase de lo nuestro. Debemos dejar de vernos. Sé que al principio cruzarme contigo por la escalera se convertirá en una pesadilla, igual que montar en el ascensor y oler a ti. Lo peor, sin duda, será no esperarte ya nunca, pero tenemos que cerrar una puerta que nunca debimos abrir. No respondas si no quieres, como a las anteriores cartas, pero, por favor, deja que me olvide poco a poco de ti.

Te quiere, pero ya nunca más,

Ana.

Me quedé helado. Quien escribía la carta era Ana, la Ana de Simón. Estaba liada con el antiguo dueño del ático que, según me había contado la portera, era un tío del actor. Pero, entonces, ¿cómo seguía Simón tan enamorado? ¿Cómo era posible que le escribiera aquellas notas en el periódico cada año? Me empezó a dar pena Simón.

Sentí que el ascensor se ponía en marcha. El ruido que hace la polea y que recorre todo el patio de luces era inconfundible, alguien se estaba moviendo en el edificio. Coloqué todas las cartas rápidamente en su sitio y fui corriendo hasta la puerta para asomarme por la mirilla.

El ascensor pasó de largo el tercero, el cuarto creo que también y, según mis cálculos, se detuvo en el quinto. Llegué a tientas a la cocina del cartero para ver si se encendía alguna luz en el patio.

MARCOS

Marcos siempre había querido ser cartero. Su familia se extrañaba de la decisión con la que lo expresaba cada vez que le preguntaban de pequeño qué quería ser de mayor. Ni abogado, ni futbolista, ni arquitecto ni nada parecido: quería ser cartero. Su primer contacto con esta profesión fue a través de don Marcelo, el cartero que regularmente iba a su casa.

Don Marcelo conquistó a Marcos con su chaqueta y su pantalón con raya roja en los dos lados, corbata, zapato o sandalia dependiendo de la estación, la gorra de plato que le hacía parecer capitán de algo y una bolsa de cuero grande, «valija», le explicó que se llamaba, llena de palabras esperando a ser abiertas. Una de las cosas que más le gustaban a Marcos era el silbato. Don Marcelo llegaba a eso de las once de la mañana al portal, entraba y tocaba el silbato. Y entonces todo el edificio se quedaba en silencio.

—¡Carta para doña Elisa del segundo, para Antolín del primero!

Y los vecinos bajaban raudos en busca de su tesoro. A Marcos, aun sabiendo que a él no le iba a escribir nadie, se le ponía el corazón en un puño al escuchar los nombres.

Había sido Marcos el que había ideado un curioso método para que cuando él no estuviese, su madre, Asunción, pudiese recibir la correspondencia. Vivían en el tercero. Asunción era muy gorda y apenas salía de casa, así que Marcos había atado una cuerda a una cesta de mimbre y cuando la mujer escuchaba su nombre, la desplegaba por el patio. Este invento también lo aprovechaba el chico de los ultramarinos para ponerle la compra.

—Mira, hijo, no creas que este oficio es tan bonito como crees. ¿Tú sabes que tengo que repartir incluso los sábados y algunos domingos y que yo mismo debo encontrar a alguien para que me sustituya en vacaciones? Además, cada vez se envían menos cartas y más certificados, aunque, por suerte, todavía hay quien se echa de menos por escrito, o al menos eso creo, por la alegría con la que determinados mozos y mozas me dan la bienvenida. Eso es lo más gratificante de mi trabajo, saber que casi siempre hay alguien esperando.

—¿Y nunca has leído alguna carta o has abierto una?

—¡Pero qué dices! ¡Estás loco! Eso es pecado mortal para un cartero, somos meros transmisores, hacemos de enlace entre las cosas buenas o malas y las personas. Aunque te confieso que lo hice una vez.

»Había una mujer que vivía sola desde hace años en un viejo piso de las afueras. Sólo tenía un hijo, que no la visitaba nunca y que no le escribía más que para pedir dinero. Ella siempre se lo daba. Un día, en el reparto, cité su nombre y no bajó y decidí yo subir a su rellano. Toqué a su puerta y me invitó a tomar un café. Me confirmó lo que su cara me decía: se estaba muriendo. Me llamó la atención que no abriera la carta que yo le había subido. Al ver cómo me quedaba mirando el sobre, me dijo: «Es de mi hijo, quiere dinero. No me escribe para nada más». «¿Y no le va a contar usted nada?», le pregunté yo enseguida. «¿Contar para qué? Hace años que no viene a verme y sólo me escribe para pedir. Mi niño...».

—¿Y qué hizo usted, don Marcelo?

—Pues verás, a los quince días le llegó otra carta de su hijo y me imaginé que sería para volverle a pedir dinero. Así que la abrí y, como la letra era muy común y apenas había tres o cuatro palabras, la sustituí.

—¿Y cómo pudo usted abrir la carta y cerrarla y que ella no se diera cuenta?

—Eso es una vieja habilidad que tenemos los carteros más expertos. Coges una plancha, la enciendes y la calientas pero poquito, colocas una toalla sobre la tabla y llega lo más delicado. El sobre tiene que estar mirando hacia arriba. Pasas la plancha varias veces sobre la solapa, pero muy rápido, y después, coges un cuchillo muy fino y lo pasas por debajo, por la zona que va pegada, y luego tiras suavemente. Si lo has hecho bien, no tendrás problema para cerrarla y dejarla como nueva.

—¡Vaya, don Marcelo! ¿Y la señora se dio cuenta?

—¡Qué va!

—¿Y qué le puso?

—Nada, le escribí unas letras en las que el chico decía que la echaba de menos*.

—¿Y ella se lo creyó?

—Sí, nunca he visto llorar a nadie de aquella manera. A los pocos días la pobre mujer se murió, pero al menos se fue creyendo que tenía un hijo cariñoso.

—¡Qué bonito, don Marcelo!

---

* *Querida mamá:*

Esta vez no te escribo para pedirte dinero, sino para pedirte perdón. Perdón por no haber estado a la altura, por haber sido una de las cosas más terribles que se pueden ser: un mal hijo. Quiero que sepas que te llevo siempre en mi corazón, que recuerdo cada beso que te di siendo pequeño, que no olvido las veces que me ponía malo y te acostabas conmigo en la cama velando mis desvelos y mi fiebre. Echo de menos tu cara, tu piel, tu mirada, tu protección. Nada ha salido como quería, atrás quedan aquellos años de una niñez que no daba ninguna pista de este futuro presente. Pero quiero que sepas que aunque esté lejos, demasiado, te siento tan cerca como en aquella infancia que añoro.

Te quiere,
tu hijo.

El primer día que Marcos se puso el uniforme tuvo muy presente al bueno de don Marcelo y se volvió a acordar de él cuando tuvo que entregar una carta a un hombre mayor enfermo que vivía solo y que no sabía nada de una hija desde hacía años. La hija había muerto por un problema de drogas, ponía en el interior de la misiva, pero para ese anciano su hija estaba en Estados Unidos trabajando en un despacho de abogados y soñando con reencontrarse con su padre.

Lo que en principio iba a ser un hecho aislado se convirtió en una peligrosa afición: jugar a cambiar los acontecimientos no es aconsejable. El trabajo se le empezó a acumular y pronto tuvo un montón de cartas que atender o que leer.

Madrid, a dos pisos de ti

Ana, no sé por qué dices que no contesto a tus cartas y por qué al menos no me das una explicación. Yo sé que lees mis cartas porque siempre espero a que salga Simón de casa para echártela en el buzón y siempre a media tarde, antes de que él regrese, no vaya a ser que la encuentre, bajo y meto la mano por la rendija para comprobar que ya la has cogido. Quizá no quieras leerlas, quizá las quemes directamente, pero insistiré hasta que al menos me digas por qué en esta vida tenemos que conformarnos con no tenernos.

Quiero seguir viéndote por las mañanas, quiero seguir sintiéndote, quiero que mi puerta se abra y vengas a buscar mi cama. Y, además, quiero que eso lo hagamos sin tener que escondernos. Podemos escaparnos o, simplemente, podemos contárselo a Simón, somos adultos, no es la primera vez que sucede algo así en el mundo. No imagino ya el resto de mis días sin que estés cerca, muy cerca, no me vale estar solo a dos pisos de distancia, necesito tu piel y tu olor a diario. Por favor, contéstame, dime algo.

Héctor.

La luz se prendió en el piso de Simón. Era en el quinto izquierda, no había duda, conocía demasiado bien cada rincón del edificio. La cocina se inundó de un azul fluorescente. Una sombra se proyectó por el patio de luces, debía de ser él. Hice un repaso mental para asegurarme de que había dejado todo en orden. Los periódicos, el sillón. Decidí volver a mi casa. Subí a tientas por la escalera y al llegar al quinto me detuve; apoyé la cabeza en su puerta e intenté adivinar de oído qué podía estar haciendo el causante de mis desvelos. Todo era silencio, sólo unos pasos que iban, supuse, del salón a la cocina, iban y venían, iban y venían. De repente, los pasos se detuvieron justo al otro lado de mi oreja. Se encendió la luz del recibidor, el ruido metálico de la mirilla, casi imperceptible, me taladró el oído. Pude sentir su ojo. Si me movía un par de centímetros, si respiraba un poco más profundamente de lo habitual, si tosía, si vibraba el teléfono móvil, si hacía cualquier cosa que emitiera cualquier tipo de sonido, me descubriría y sería difícil explicar qué hacía yo ahí a las dos de la madrugada de ese día de agosto.

La luz no se apagaba, seguía sintiendo el ojo al otro lado. Era como si supiera que había alguien, pero no se atreviera a abrir. Sucedía al contrario de lo que ocurre en esas películas de miedo que vemos Mariona y yo, que siempre gritamos a los protagonistas que a dónde van, que para qué se mueven, que no sean tontos, que esperen, y los protagonistas no hacen caso, obviamente, y se lanzan a la aventura, que suele terminar mal. Si aquello era una de esas películas, quien estaba al otro lado de la puerta nos estaba haciendo caso, miraba y miraba, pero no se decidía a abrir. ¿Habría escuchado algo? Decidí agacharme y agacharme, hacerme pequeño, cuanto más cerca del suelo más lejos de su campo de visión, de ese ojo de pez que deforma las figuras. Di gracias a que en esa puerta del quinto se hubiera cambiado la antigua mirilla por las nuevas, mucho más pequeñas, porque nosotros, cuando nos mudamos, teníamos todavía una que era una especie de pequeña compuerta cuadrada que se abría del todo. De haber sido una de aquellas, habría tenido que estar dando alguna que otra explicación. En todo eso pensé en el escaso minuto en que tardó en apagarse la luz y sentí que el ojo abandonaba la mirilla. ¿Cómo no había supuesto que Simón iría a su casa cuando lo vi en el Prado? Vaya fallo. Estas son el tipo de cosas por las que todo se va al carajo.

Simón cenaba cada 14 de agosto en el viejo piso de la calle de Alcalá. No se acercaba por allí ningún otro día del año, pero esa fecha la guardaba para celebrar su aniversario. Ponía la mesa con dos cubiertos, encendía una vela, abría una botella de vino y, en la más absoluta soledad, pasaba esa velada acompañado. Imaginaba que se había hecho viejo con ella, le contaba lo que supuestamente tenían que haber vivido juntos, fabulaba con cuál sería el aspecto de Ana, soñaba con el hijo que nunca habían tenido, brindaba sin chocar las copas. La ausencia se hacía más presente ese día de verano en el que se habían conocido, le golpeaba cada palabra, cada gesto, cada sonrisa. Repasaba las fotos que habían colocado juntos y maldecía a la vida por habérsela arrebatado. A la mañana siguiente se levantaba temprano, se preparaba un café mientras escuchaba las noticias, volvía a bajar las persianas de todas las habitaciones y cerraba la casa en la que había sido tan feliz. Echaba un último vistazo y se despedía de esos metros cuadrados llenos de recuerdos hasta el año siguiente.

Tenía tanto sueño que esperaba no hacer gran cosa en el trabajo. Malditos madrugones. Mientras me afeitaba, escuché el boletín de una emisora de radio viajar por el patio de luces. Me asomé, debía de ser Simón. Seguía aquí.

Salí de casa y crucé los dedos para que el ascensor no se parase en el quinto. Tenía la ingenua sensación de que la noche anterior él sabía que yo estaba al otro lado de la puerta. Además, podía reconocerme perfectamente por nuestro *casual* encuentro en el Prado.

Llegué al bajo y justo cuando iba a salir, escuché un hola que me sobresaltó.

—¡Ahh! Hola, Noelia, buenos días. ¿Qué tal todo?

—Muy bien, con sueño, no duermo bien del todo estos días.

—Vaya, es una faena eso, porque luego se arrastra todo el día.

—Desde luego, a base de cafés sobrevivo la jornada.

—Me voy a trabajar un poco. Por cierto, he escuchado ahora una radio encendida, ya no estamos tan solos.

—Sí, claro, es don Simón, es que ayer fue 14 de agosto, ¿verdad? Es su aniversario de boda.

—¿Pero está casado?

—Está viudo, hijo, viudo. Qué historia más triste, me da mucha pena pensar en ella, con lo felices que eran.

—¿Quiénes?

—Simón me contó cómo se conocieron, se le iluminaban los ojos cada vez que mencionaba su nombre. Había sido en un museo, delante de un cuadro en el que ambos coincidieron. Él la invitó a tomar café o algo y se hicieron inseparables. Recuerdo perfectamente el día que vinieron a ver el piso. Habían quedado con el señor Aranda, que les iba a enseñar el quinto y el sexto, porque entonces el que ahora es tuyo también estaba a la venta. Entraron cogidos de la mano. Ella era muy delicada; probablemente no era la mujer más guapa del mundo, pero tenía algo que la hacía diferente. Caminaba de otra manera, se movía de una forma especial, como a otro ritmo, más pausado que el del resto. Un sombrero grande de color rojo, con una especie de ala, le tapaba media cara. Parecía una actriz. Lucía media melena y una especie de flequillo que le daba un aspecto más joven y llevaba un vestido rosa, largo.

Siempre iba con vestidos y nunca la vi repetir uno. No paraba de sonreír. Recuerdo su primera época aquí y no hay un solo momento en que no la viera sonriendo.

No quería interrumpir a Noelia, pero no podía dejar pasar por alto algo que había dicho.

—¿Por qué dices en su primera época?

La capacidad descriptiva de mi portera era increíble. Yo siempre creía que aderezaba la realidad con una buena dosis de ficción, que, por otra parte, es lo que creo que la hace soportable. Nadie cuenta o contamos la realidad totalmente al pie de la letra; inventamos o maquillamos lo que vivimos para hacerlo un poco más interesante. La vida es literatura y todos somos, en cierta medida, escritores. Cuando volvemos de vacaciones, por ejemplo, si alguien nos pregunta qué tal, condimentamos los buenos momentos un poco, casi nadie responde «mal», o «regular» o con un simple «bien». Inventamos; inventamos constantemente hasta construirnos unos recuerdos en los que se entremezclan lo vivido y lo ficticio de tal forma que al cabo de un tiempo ya no sabemos si lo que sucedió es del todo cierto o no. Siempre pienso esto cuando observo las páginas de Facebook de la gente. Un tanto por ciento muy elevado está lleno de fotografías de instantes increíbles, como si todo el mundo se pasara la vida en un concierto, en una gran comida o en un viaje interminable; seleccionan la mejor foto, el mejor momento, lo exageran y dentro de unos años, cuando miren ese álbum virtual, se darán cuenta de que todo fue maravilloso. El hombre es un superviviente de su propia vida. Por eso todos somos autores, y me constaba que Noelia era muy buena. Además, muchas veces, cuando nos cruzábamos, me hablaba de algún libro que andaba leyendo, así que imagino que también ponía en práctica lo leído cada vez que tenía ocasión.

Mi portera hizo caso omiso de mi pregunta y siguió con su discurso.

—Muchas veces, cuando el ascensor estaba a punto de llegar a la portería, los veía a través de las rejas besándose. Del quinto izquierda bajan besos, decía yo. Salían medio cogidos y en el portal se besaban otra vez y cada uno tiraba por su lado. Ella, a la derecha, hacia la calle Goya; él, a la izquierda, como hacia Fuente del Berro. Simón es, o era, porque me imagino que ya no ejercerá, periodista, como tú. Yo leía casi siempre sus crónicas culturales, porque como a primera hora de la mañana le traían el periódico aquí, me dejaba echarle un vistazo. Escribía bien, su gusto por el periodismo le venía de cuna. Su padre había sido un gran aficionado a la radio y en su pueblo se ocupaba de la emisora local. Me contó una historia muy curiosa una vez de la radio, pero ahora no la recuerdo bien. Algo de que en su nacimiento ayudó mucha gente y que a su madre la habían trasladado en una avioneta que casi se estrelló y tuvo que aterrizar en la puerta del hospital o algo parecido.

»El caso es que un día me encontré un poco más triste a Ana.

—Ana, chiquilla, ¿qué te pasa?

—Nada, Noelia, que me han despedido. Bueno, me han dicho que deben hacer algún ajuste y el ajuste soy yo.

—¡Pero bueno! Mujer, no te preocupes, ya verás como en breve te llaman otra vez. Y mientras tanto, con el trabajo de Simón, os apañáis seguro.

—Sí, sí, ese no es el problema, aunque iremos más ajustados tampoco necesitamos grandes cosas. El problema es el aburrimiento, yo todo el día sola hasta que él vuelva.

—Hija, bendito problema. Ya encontrarás la manera de llenar el tiempo. Oye, ¿y no habéis pensado, ya sabes, en un Simoncito o en una Anita?

Ana se echó a reír.

—¡Sí, claro! Queremos tener hijos, pero, de momento, no hay suerte.

—Eso, cuando menos te lo esperas, llega.

—No sé si ese día fue el principio del fin, pero nunca la volví a ver de la misma manera. Se volvió más recelosa, menos... ¿cómo decirlo?, iluminadora, radiante. ¿Iluminadora existe? Bueno, qué más da.

Me quedé pensando. Es verdad que Simón debía de salir muy temprano de casa y muchas veces no volvería hasta casi la hora de cenar. Y así es muy difícil mantener la llama. Ains, la llama, ¡quién sabe el secreto de su encendido!

Noelia tenía unos giros folletinescos en muchas de sus narraciones que me encantaban: hablaba un tercio escritor premiado, un tercio persona normal y un tercio telenovela. Una combinación perfecta para muchos de los que deben ponerse delante de un folio en blanco. Estaba por darle los ingredientes de la novela sobre mi abuela y que ella los mezclara bien, seguro que cumpliría con creces el encargo. Mi novela, qué mala pinta tenía.

—El caso, que me daba pena no verlos por la mañana bajar besándose y despedirse en la puerta. Él también iba como más triste, más decaído, ausente. Imagino que serían fases, quizá influyó que no tuvieran hijos. Me consta que los buscaron con perseverancia, no sé, chiquillo, eso por no entrar ya en los cotilleos y habladurías.

»Pero nadie esperaba ese final. ¡Cómo íbamos a imaginar siquiera que haría eso siendo tan joven, tan guapa, con toda la vida por delante! Aquella mañana fue una de las más tristes que recuerdo. El ruido, el estruendo fueron terribles, los tengo clavados en la memoria, nunca he escuchado nada parecido. Era muy temprano, como las ocho. Yo estaba en el saloncito de mi casa, planchando, y de repente el mundo se paralizó. ¿Sabes de esas veces que al oír un ruido intuyes que ha pasado algo grave? Salí al patio y allí me la encontré. Y me sucedió algo extraño: no me sorprendió que fuese ella. Iba en camisón y con una especie de batín de seda.

Se me estaba poniendo muy mal cuerpo. Me imaginé la escena, el día, el frío. No sé por qué, pero pensé en el frío. Quizá porque años atrás, en el edificio en el que residía en mi ciudad natal, se vivió algo parecido. Un estruendo y después consternación. Mi vecina se lanzó en bata por un patio de luces al que por suerte no daba nuestra casa, y esa mañana era una mañana áspera. Recuerdo pensar y darle mil vueltas a los posibles motivos. Ya nunca miré a aquella familia igual y dejé de subir más arriba del octavo donde yo vivía, ni siquiera para ir a la azotea.

Esa mañana siempre ha regresado regularmente a mis pensamientos: el sonido de la ambulancia, el murmullo de los vecinos, la cara de su marido, la policía, el juez y siempre el frío. Cuánta desesperación se debe acumular para tomar esa decisión, cómo de mal debe estar tratándote la vida para quitártela, qué pasará por la cabeza justo en el instante en el que no hay marcha atrás, cuántos se habrán arrepentido en esos pocos segundos que hay desde la ventana hasta el suelo, desde la habitación, o la cocina, o el salón donde un día fuiste feliz hasta el suelo que acabará contigo. Hay un microcuento de Gabriel García Márquez que me sobrecoge cuando pienso en él. Habla de un desencantado que se tira a la calle desde un décimo piso. Cuando va cayendo, observa, como a cámara lenta, la intimidad de sus vecinos. Tragedias, amores y momentos felices que no llegan nunca a la escalera común. Cuando cae al suelo, ha concluido que merece la pena vivir.

¿Qué habría visto Ana aquella lejana mañana? Quizá su mirada se fijó en la que, con el tiempo, sería mi casa, o en doña Margarita, si estaba apostada en la ventana, o quizá olió a café recién hecho o escuchó el estribillo de *Ojos verdes* si ya lo cantaba Amalia.

Noelia continuó:

—Cuando miré hacia arriba, vi asomada a doña Margarita, que balbuceaba palabras sin sentido. Luego, cogí una sábana grande, tapé a Ana y llamé a la policía.

—Estos casos, al menos, suelen cerrarse rápido.

—Sí, eso creía yo, pero resultó que cuando la policía entró en casa de Ana, comprobó que todas las ventanas que daban al patio estaban cerradas. No se pudo tirar desde su casa o alguien cerró la ventana después.

Noelia no sabía lo que yo sabía o, al menos, no con mi certeza, aunque lo debía de sospechar, por eso me había dicho que no le gustaban las habladurías de aquellos años. Las habladurías seguro que se llamaban Héctor; por las cartas que yo había leído, la aventura de Ana y el argentino había tenido que empezar más o menos cuando a ella la despidieron del trabajo.

Marcos siempre escogía al azar las cartas que se quedaba. Se ponía delante de los buzones y echaba unas cuantas, esquivando la presencia de Noelia. La primera vez que vio que en el buzón del quinto izquierda había algo se extrañó. Era imposible: nadie repartía allí más que él. Metió la mano y logró extraer el sobre. En él únicamente estaba escrito un «Para Ana».

Ana, no puedo seguir viviendo así, necesito más de una hora al día, necesito seguir contigo después de tenerte, quiero que podamos vivir sin permanecer ocultos y que podamos atravesar la frontera que marca tu habitación o la mía. No sé por qué digo todo esto si luego haré lo acordado, lo que digas. Entiendo tus miedos y el cariño hacia Simón, pero no tenemos la culpa de lo que ha sucedido. Hay sentimientos incontrolables que escapan a la razón y responden a otro tipo de emociones difíciles de entender.

Deberíamos, o deberías, contárselo, por lo que fuisteis, por respeto y por nosotros. Piénsalo. Mientras tanto, seguiré conformándome con verte a la hora del café y cerrar los ojos pensando que esos minutos duran el resto de nuestras vidas.

Te ama,

Héctor.

Marcos se acordó de don Marcelo y pensó en cómo habría actuado él. ¿Dejaría que la carta siguiese su curso, intervendría en favor de Simón, se lo contaría, falsificaría una carta para terminar con aquella aventura? Simón le había caído bien desde siempre, desde que se cruzaron por primera vez en el rellano y él le contó que su padre, para hacer a su madre feliz, le escribía todos los días: cartas de amor para hacer los días más llevaderos. Le habló de Anselmo, el cartero de Nimel, el mejor cartero del mundo, y siempre le comentaba lo mucho que le gustaba su profesión por considerarla, en ocasiones, un oficio que acorta las distancias físicas y emocionales.

A Marcos el cuerpo le pedía contárselo, pero resultaría demasiado violento o difícil de explicar, así que optó por una vía alternativa. Tenía dos opciones: depositar de nuevo la carta en el buzón justo antes de que Simón regresara a casa y destapar todo el asunto o encargarse él mismo de acabar con la relación entre Héctor y Ana, que parecía producto del capricho. Escribiría una respuesta, la metería en un sobre, le pondría un sello y la echaría al buzón como una más.

No era fácil imitar la grafía de Ana; aunque las letras eran muy limpias, muy normales, tendía a adornar más de la cuenta las mayúsculas de inicio de frase, unos adornos que, con su experiencia y sus estudios en la materia, le revelaron a una persona creativa, ocurrente, viva. Tuvo que desechar varios intentos, a pesar de que las cartas parecían estar terminadas y perfectamente rematadas. Las tachaba con rabia y seguía.

Por fin logró dar con el estilo tras ensayar innumerables veces los óvalos, las crestas y los pies. Por ejemplo, en la 'd', el óvalo, o la barriga, como a él le gustaba decir, no terminaba de cerrar del todo, y sucedía lo mismo con la 'b' y la 'p'. Ese no cerrar la barriga de aquellas letras provocaba que sus pies o sus crestas se torcieran ligeramente. Como si estuviera de nuevo en clase de primaria, empezó a escribir bes, pes, des y demás letras hasta cogerle el pulso a la escritura de Ana. Dominados los óvalos y las mayúsculas, no le fue difícil el resto.

Héctor, esta carta hace un recorrido largo, teniendo en cuenta que bastaba con haberla echado a tu buzón yo misma, pero sospecho de cualquier ruido y de cualquier gesto y de que Noelia salga justo en ese momento. Incluso he puesto otro nombre en el remite para no dejar ninguna pista. Te escribo porque me falta valor para decírtelo cara a cara y porque probablemente me desarmarías y me convencerías para que cambie de opinión. No puedo seguir así, no quiero pasarme la vida entre dos hombres, no es justo para ninguno de los tres. Vuelvo a decirte que Simón no merece lo que le estamos haciendo y se moriría si se enterase de lo nuestro. Debemos dejar de vernos. Sé que al principio cruzarme contigo por la escalera se convertirá en una pesadilla, igual que montar en el ascensor y oler a ti. Lo peor, sin duda, será no esperarte ya nunca, pero tenemos que cerrar una puerta que nunca debimos abrir. No respondas si no quieres, como a las anteriores cartas, pero, por favor, deja que me olvide poco a poco de ti.

Te quiere, pero ya nunca más,
Ana.

A Héctor las cosas le empezaron a ir regular tirando a mal en la coctelería. Las propinas eran cada vez más exiguas y los clientes ya no bebían con tanta alegría. Su sueldo se vio reducido casi a la mitad y afrontar el alquiler se le ponía muy complicado. Además, la falta de ocupación en el trabajo hacía que echara más partidas de la cuenta con algún cliente. Perdía demasiado dinero.

Cuando se vio muy mal, convenció a Ana para que empeñara unas pulseras, un reloj y un anillo. Las pulseras y el reloj eran lo único que había podido dejarle en herencia Felicidad, su madre. Recordaba haberse puesto la pulsera cuando era muy pequeña y todavía soñaba con ser trapecista. Una chica circense, pero con pulseras. Qué lejos quedaba todo, qué borrosos los recuerdos, la niñez, Miss Mara. Pero de lo que más le dolía desprenderse de esas alhajas era del anillo que Simón le había regalado. Le arrancó a Héctor la promesa de que lo recuperaría en cuanto pudiera. A Ana no le preocupaba que Simón advirtiera su ausencia, eso era imposible: no se fijaba nunca en aquellas cosas. Lo que le preocupaba era su conciencia; para ella, empeñar el anillo era un acto de alta traición porque había sido el regalo que le había hecho Simón al año de conocerse delante del cuadro de Lunardi. Era de oro, con dos pequeños brillantes escoltando un rubí; su joya más preciada, si en el precio se incluyen también las emociones. Entregárselo a Héctor era, de alguna forma, entregar su alma, entregar una parte de su pasado, de la vida vivida; deshacerse de ese anillo era capitular, rendirse. Héctor le insistió.

—Cariño, antes de que te des cuenta, lo tendrás de vuelta. Lo del trabajo es una racha. Han bajado las propinas, pero seguro que antes de lo que creemos vuelven a subir, en un mes lo tienes aquí. Lo recuperaré.

—Héctor, me pides mucho. Ese anillo no es del todo mío, pertenece a una vida que no es nuestra. Júrame que en menos de un mes lo rescatarás.

—Te lo juro. Te quiero.

Ana supo en aquel momento que aquella decisión marcaba el final de su aventura con Héctor, o de su amor o de su locura o de como se le pueda llamar a lo que había experimentado en los últimos meses. Probablemente, seguiría deseándole el resto de sus días, pero justo en el instante en que le entregó el anillo dejó de quererle, si es que alguna vez le había querido. Y en ese preciso segundo entendió que amaba a Simón más que a nadie en el mundo.

El inspector de policía al mando del caso empezó sospechando de todos los vecinos. Nadie tenía la coartada perfecta. Simón explicó que había estado en el periódico y luego había salido para investigar una noticia, Héctor dijo que se acababa de acostar, Amalia, que no había escuchado nada excepto el estruendo, Noelia contó cómo al mirar hacia arriba se había cruzado con la silueta de Margarita en el séptimo. Interrogar a Margarita era dar cabezazos contra una pared. Todas sus palabras eran inconexas, iba de un tiempo a otro sin pasar casi por el presente.

—Guapa.

—Sangre.

—Turrón.

—Honorio.

—Sonrisa, sonrisa.

—Guapa.

—Canasta.

—Pobrecita.

—Pobrecita.

—Pobrecita.

Por mucho que preguntaran, era incapaz de ir más allá. Honorio, su marido, le dijo al inspector Garrido que intentaría hacer que recordara cuando estuviese más tranquila. A veces, sin venir a cuento, Margarita vomitaba frases que tenían sentido.

Garrido se negó a cerrar el caso. Estaba convencido de que no había sido un suicidio: las ventanas cerradas en casa de Ana indicaban que o alguien la había empujado o se había arrojado al vacío desde otro piso. Nadie supo decirle nada que pudiera alumbrar alguna pista. El informe policial que entregó estaba lleno de interrogantes y dudas.

En Madrid, a 20 de septiembre de 1983

A las 8:18 de la mañana se recibe una llamada en comisaría de la portera de un inmueble situado en la calle de Alcalá alertando de la caída de una mujer por el patio de luces de dicho inmueble. La portera, Noelia López, llama sofocada y apenas se entiende lo que nos dice. El inspector Torres y yo mismo llegamos al lugar de los hechos poco después de las nueve menos veinte. Encontramos el cuerpo sin vida de una mujer de unos treinta y cinco años en el suelo, tapado con una sábana que le extendió por encima

Noelia para ocultar el rostro desfigurado de la fallecida. Al preguntar por su identidad, la portera no duda en confirmar que se trata de Ana Gómez Serná. La reconoce de inmediato, palabras textuales suyas.

Lleva un camisón de color beis, con una especie de bordado en las terminaciones y un batín de seda. La portera tapa la cara casi irreconocible del cadáver, pero antes reconoce el color del pelo y una cicatriz en el tobillo derecho que la testigo afirma que la señora Gómez se produjo de niña al caer desde un alambre donde jugaba a ser artista circense.

En el piso de la fallecida todas las ventanas están cerradas y no hay señales de violencia. La cama deshecha, en la mesilla un vaso de agua y un despertador que no deja de sonar y que estaba programado para las nueve menos cuarto de la mañana.

Procedo a telefonear al marido de la fallecida, don Simón Hurtado, periodista del diario Ahora, que tarda bastante en personarse al encontrarse elaborando una noticia y no poder localizarle de forma más rápida. Convoco a todos los vecinos del edificio para interrogarles uno por uno. En ese momento se encuentran presentes: doña Margarita Durán y don Honorio Jurado, del séptimo derecha, don Héctor Puerto, del séptimo izquierda, doña Amalia Cortés y su hija la señorita Cristina Lavega Cortés, del cuarto derecha, don Marcos Escuín, del tercero izquierda, y don Manuel Aranda, del sexto izquierda.

—¿Don Simón Hurtado?

—Sí, soy yo. ¿Quién llama?

—Soy el inspector Garrido. Lo lamento mucho, pero tengo que comunicarle una trágica noticia. ¿Es usted el marido de doña Ana Gómez Serná?

—¿Qué ha pasado? ¿Está bien?

—Siento decirle que su mujer ha fallecido.

—¿Qué? ¡No puede ser! ¡Debe de tratarse de un error! ¿Por qué me gasta este tipo de bromas, hijo de puta?

—Tranquilícese, señor Hurtado. Le mando un coche para que le recojan y venga a su domicilio.

—¿Pero qué dice? ¡Es imposible! Me he despedido de ella hace un par de horas...

—Luego hablamos, señor. Lo mejor es que venga cuanto antes a su casa. El coche debe de estar a punto de llegar a la puerta de la Biblioteca Nacional.

Simón colgó el teléfono de la Biblioteca Nacional. Sus ojos se empezaron a humedecer y su cara palideció como si no perteneciese a este mundo. La secretaria le miraba conmocionada.

Siempre había tenido aprensión a las llamadas inoportunas, las llamadas que están fuera de lugar. Sólo anunciaban malas noticias. Si un teléfono sonaba en mitad de la noche, si una voz gritaba su nombre por una megafonía o si, como era el caso, alguien te buscaba y te decía «le llaman por teléfono», sólo podía ser porque algo terrible había sucedido. Hacía muchos años, en Nimel, una llamada en plena madrugada había arrancado del sueño a la familia para comunicarles que su tío había sufrido un accidente de tráfico y se moría a borbotones. Jamás había visto a su padre tan nervioso, tan triste, tan desdibujado. Se movía contrariado sin saber muy bien qué hacer. Cuando sonó aquel teléfono, todos intuyeron que no sería para nada bueno.

Algo parecido había sentido cuando Eugenia, la secretaria de la biblioteca, le había dado un golpecito en el hombro y le había dicho que le acompañara, que podía ser que le estuvieran llamando del periódico. Simón sintió otra cosa, una especie de punzada que le hizo viajar a aquella noche en Nimel que recordaba como una de las más oscuras de su vida.

El trayecto desde la biblioteca hasta su casa era breve: subir la calle Goya y torcer cuando cruza la calle de Alcalá. La mirada perdida por la ventanilla le hizo recordar cada uno de los rincones de esas calles por las que había paseado con Ana; cada café en cada bar, cada paso; los cigarros consumidos en la puerta de alguna tienda esperando a que ella terminara de probarse unos zapatos. Habían pasado veinte minutos y su mente arrojaba recuerdos como si supiese que no iban a volver a repetirse, pensaba en pasado cuando hacía sólo unas horas la había dejado entre sueños en la cama. Se arrepintió de algo banal, de no haberse acercado a darle un beso. Fuera, el día era soleado, pero no caluroso, el verano agonizaba lentamente, las calles estaban llenas de gente que a sus ojos se movían sin sentido de un lado a otro, como autómatas. Septiembre terminaba y su vida tal y como la conocía también. Le dolía en el alma el distanciamiento progresivo de los últimos meses, una especie de leve barrera que se había levantado entre ellos.

—Señor, hemos llegado.

—¿Qué?

—Es su casa. Señor, le acompañó en el sentimiento.

Una ambulancia, un coche fúnebre, un coche de policía y muchos vecinos y curiosos impedían casi el acceso al portal. Acarició los azulejos de estilo andaluz que, como les contaron cuando fueron por primera vez, estaban protegidos por el ayuntamiento debido a su peculiaridad. A pesar del gentío sintió el frescor que siempre notaba al entrar, una especie de microclima, de temperatura perfecta. Ana y él solían bromear sobre la posibilidad de dormir en el portal las calurosas noches de verano.

—Señor Hurtado, soy el inspector Garrido. He hablado con usted por teléfono.

Simón ya no articulaba palabra, se movía por instinto, flotando; se veía a sí mismo fuera de la escena, un tipo que era él, pero no podía ser él. Ese hombre al que llevaban a enseñar cómo su vida iba a sufrir un revés del que sería imposible recuperarse no era él, ese pobre desgraciado era otro. Estas cosas no le suceden a uno.

Garrido le acompañó hasta el patio de luces. Por el camino se cruzó con la mirada llorada de Noelia.

—Señor Hurtado, no quiero molestarle en estos momentos, entiendo su dolor. Sólo una pregunta: ¿a qué hora se despierta usted?

—A las siete y cuarto. ¿Por qué?

—Imagino que pone el despertador.

—Sí, claro.

—¿Hoy también lo ha puesto a esa misma hora? ¿Ha dormido usted en casa?

—¿Qué tipo de pregunta es esa? ¡Claro que he dormido en casa!

—Perdone, no quería importunarle.

El informe de Garrido presentaba varias afirmaciones que dejaban las puertas del caso abiertas. Sus dudas sobre el despertador y que siguiera sonando cuando entraron en la casa le hacían sospechar que Simón o no había dormido allí, ya que estaba programado para otra hora y no para las siete y cuarto, o que la difunta lo había reprogramado al salir su marido de casa. Pero lo más desconcertante eran las ventanas cerradas. Para esto, Garrido manejaba dos opciones: la primera era que alguien había lanzado a la señora Gómez y después había cerrado la ventana. Pero ¿por qué cerrar las ventanas y provocar que la hipótesis del suicidio se pusiera en entredicho? La otra opción era que no hubiera caído desde su casa. En el informe dejó constancia de que en el cuarto derecha, el sexto izquierda, el séptimo izquierda y el séptimo derecha había ventanas abiertas. La caída no se había podido producir desde más abajo. Tampoco era extraño que aquellas ventanas estuviesen abiertas, era septiembre y todavía hacía calor, además, algún vecino habría abierto las suyas tras escuchar el ruido del cuerpo al impactar con el suelo. Ese era el caso de doña Amalia, que se había asomado a los pocos minutos, y de Honorio, que, tras ver cómo se sobresaltaba Margarita, había hecho lo propio. En el séptimo izquierda no había nadie: Héctor Puerto había llegado pasadas las nueve al edificio.

En resumen, Garrido sólo tenía un despertador que al parecer no despertó a nadie, unas ventanas cerradas y una mujer con demencia senil que había sido testigo de la escena y no podía articular palabra.

En aquellas noches de vigilia entre casa y casa, sin saber ya dónde rebuscar más en el quinto izquierda, empecé a fotografiar todos los documentos que me iba encontrando. Resguardos, recibos y facturas. Había algunas de una tintorería de la calle Mártires Concepcionistas —que sigue existiendo—: un par de abrigos, un vestido y un traje de caballero. Saqué una foto del resguardo de la casa de empeños, que hasta ahora había pasado por alto. Pertenecía a una oficina del centro, quizá podía intentar averiguar algo con aquel resguardo. Seguí recopilando las pequeñas reseñas que Simón publicaba en el periódico cada aniversario de la muerte de Ana. Esas fotos las archivé en una carpeta virtual llamada «Palabras de Simón». De todos los textos, mi preferido era el del décimo año, una década de separación forzosa, un pedazo de existencia demasiado grande ya. Tendría que hacer cálculos, pero quizá en este 2013 el tiempo que Simón y Ana habían pasado juntos era ya menor que el de separación. Me asusta esa línea divisoria que separa el tiempo vivido del tiempo moribundo. Lo he pensado siempre que he leído o escuchado a alguien decir «ya soy mayor que mi padre», refiriéndose a que tienen más edad que la de su padre al morir y que ya nunca su padre será mayor que ellos. Tiempo muerto. El tiempo nunca debería ser muerto, el tiempo corre y está vivo.

Ana, hoy te escribo sin saber qué escribir. Creía que la herida, pasados diez años, cerraría. Es difícil encontrar en el mundo de la medicina una cicatriz que tarde tanto en curarse. Yo no pido sanar del todo, pero sí poder respirar. Te sigo encontrando en cada rincón, te sigo buscando con la mirada, te echo de menos hasta el desaliento y hasta el dolor. No puedo conjugar el verbo olvidar. Olvido, olvidas, olvida. Diez años, mucho tiempo sin tu presencia, poco tiempo para el olvido.

Tuyo siempre,
Simón.

¿Cuándo o cuánto es suficiente tiempo?, pensé al terminar de leer aquellas líneas. ¿Cuánto es el luto que se debe guardar? ¿Existe alguna regla que condicione la duración de echar de menos? Normalmente, el recuerdo va haciéndose borroso y lejano, y sigue siendo capaz de pellizcarnos por dentro en determinados momentos, pero te deja seguir caminando. A Simón, diez años después, parecía que le seguía ahogando como el primer día.

Durante aquellos días había leído dos artículos que me condujeron directamente a Simón. El primero decía que la duración de un recuerdo depende de lo novedoso que sea o de las sensaciones que hayamos experimentado. Es decir, si es un hecho intrascendente, probablemente olvidemos pronto lo vivido; por eso, al menos a mí me sucede, olvidamos nombres con frecuencia. Siempre que me presentan a un grupo de gente soy casi incapaz de recordar sus nombres; si en ese grupo hay alguien que nos llama la atención, lo retenemos, porque la sensación de llamar la atención es más novedosa. Los investigadores decían que la encargada de hacer que un recuerdo sea persistente y permanezca en el tiempo es la dopamina. Pocos acontecimientos más impactantes que la muerte de un ser querido: la dopamina hace de las suyas y te clava el dolor en el transcurso de los años. Yo estaba seguro de que determinados momentos vividos durante ese verano iban a permanecer tiempo en mi cabeza, quizá se esconderían de vez en cuando, pero reaparecerían en el momento más inesperado. Por ejemplo, la muerte de mi padre. Estaba hasta arriba de dopamina y quedarían restos durante bastantes años, sobre todo cuando pudiera verle la cara a mi hijo y comprobar que él ya no la podría ver.

El otro artículo hablaba de un experimento aterrador a la vez que maravilloso. Se había realizado en ratas y los titulares decían que un grupo de científicos de la Universidad de San Diego habían logrado borrar recuerdos de los roedores. Les habían inoculado el miedo a una determinada cuestión y al rato habían logrado que olvidaran ese miedo. Me hizo pensar en Simón, en si él firmaría para que le borraran el recuerdo, el dolor que sentía al evocar a Ana, y en mí, en si borraría el recuerdo de lo vivido aquellos días. Estoy casi seguro de que muy pocas personas estarían dispuestas a borrar de su cabeza vivencias a pesar del dolor que les provocan. Hablo en términos sentimentales, evidentemente, es probable que en situaciones en las que se ha sufrido un delito sea una buena solución. Pero aun así, si al final lo que somos es lo que vivimos y la experiencia vital se compone de recuerdos buenos, malos y regulares, ¿tiene sentido que los borremos de forma arbitraria? ¿Es una persona capaz de existir si sólo tiene buenos recuerdos, si al mirar atrás sólo encuentra felicidad? ¿Acaso no se aprende mucho más de los malos momentos? Mis noches en vela me hacían divagar más de lo recomendado.

A la mañana siguiente, antes de ir al trabajo, busqué la casa de empeños. Estaba muy cerca de la Puerta del Sol. Reconozco que pensaba que ya no existían los Montes de Piedad. No tenía duda de que lo que fuera que habían empeñado Ana y Simón ya no estaría allí: el plazo máximo para recuperarlo es de poco más de un año, luego sale a subasta. Me presenté en la oficina con el disfraz de periodista.

—Buenos días. Estoy haciendo un reportaje sobre las casas de empeño, bueno, más bien sobre resguardos antiguos que han ido apareciendo en algunos hogares. Quería reconstruir la historia de algunas personas.

—No le voy a poder ayudar, para eso tiene que hablar con el jefe de prensa de la caja de ahorros a la que estamos adscritos.

—¿Y usted me puede pasar con él o facilitarme su teléfono?

—Un momento, hablo con él. —Levantó un auricular que tenía a su lado—. Ángel, hay aquí un periodista que está haciendo un reportaje y necesita información. Sí, vale, se lo comento. —Se dirigió de nuevo hacia mí y añadió—: Me dice que le llame a este teléfono y le informará de lo que necesite.

Llamé desde allí mismo con el móvil. Tras presentarme, le conté mi propósito.

—Estoy haciendo una especie de reportaje antropológico en el que quiero bucear en la historia de la gente a través de objetos que empeñaron y, si es posible, hacer que algunos vuelvan a verlo. Tengo un resguardo de un anillo que se empeñó en esta oficina y quería saber si podías echarme una mano.

—A tu disposición. El problema es el tema de la privacidad, pero si han pasado determinados años, podemos intentar algo. Envíame el resguardo escaneado y te contesto con lo que averigüe. Ahora han cambiado las condiciones, los objetos se pueden tener tres años empeñados, renovando cada año; antes creo recordar que era sólo uno. Bueno, veamos lo que puedo hacer.

—Estupendo. ¡Muchas gracias!

Marcos no sabía qué hacer. Si le contaba a la policía que Ana y Héctor tenían una aventura, todo el mundo se enteraría de que espiaba y manipulaba las cartas de los vecinos. No era asunto suyo y tampoco tenía por qué ser relevante la aventura con el argentino. O sí. Para él, Ana había decidido quitarse la vida al verse atrapada entre dos hombres y no poder soportar la idea de hacer daño a Simón. Era cierto que él había contribuido al escribir, unos días antes, aquella carta en la que Ana ponía fin a la pasión. ¿Guardaría alguna relación directa con el trágico suceso? Si todo salía a la luz, quedaría muy mal parado. Le podía costar el puesto de trabajo y quién sabe si algo más. Cuando el inspector le interrogó, había dicho que apenas conocía a la fallecida, salvo por los típicos encuentros en el ascensor en los que siempre la había encontrado sonriente.

—Por tanto, ¿no apreció usted ningún signo de depresión o tristeza en la fallecida ni ningún cambio en su comportamiento en esos breves encuentros en el ascensor?

Marcos se mordió la lengua. Quería dejar, al menos, algún cabo suelto para que el comisario pudiese abrir otro frente en la investigación, soltar alguna miguita de pan para que Garrido la siguiese. Descartado aportar las cartas como prueba, se le ocurrió otra cosa.

—Nada, inspector. Sólo recuerdo haberla visto algo nerviosa hace cosa de una semana. Coincidimos en el ascensor el vecino del séptimo izquierda, ella y yo. No sé por qué, pero no saludó y al llegar al bajo y abrirse la puerta salió con mucha prisa sin despedirse. Imagino que llevaría alguna preocupación en la cabeza, quién no la lleva hoy en día.

—Entiendo, el vecino del séptimo izquierda es Héctor Puerto, ¿no? No he hablado todavía con él. Le preguntaré si él recuerda algo o apreció cambios en su comportamiento. Usted reparte las cartas en el edificio, ¿verdad? Supongo que no se fijará, pero ¿le viene a la cabeza que el quinto izquierda recibiera alguna notificación extraña?

—Inspector, son tantas las cartas que tengo que entregar al cabo del día que es imposible que me fije en alguna. Sería un prodigio de la naturaleza, ¿no cree?

—Sí, claro. En cualquier caso, si recuerda algo, póngase en contacto conmigo.

—¿A qué hora llegó usted al edificio? —preguntó el inspector a Héctor.

—Como siempre, pasadas las ocho, cuando termino en la coctelería. No sabría decirle la hora exacta. Pero ese día no tenía sueño y cuando llegué al ascensor, decidí desayunar en un bar cercano.

—Trabaja toda la noche, ¿verdad? Duro, me imagino.

—Más que trabajar de noche, lo duro es aguantar a la gente de la noche. Pero uno se acostumbra.

—Entiendo. ¿Qué relación tenía usted con la fallecida?

A Héctor le cambió la cara: no esperaba una pregunta tan directa o, al menos, formulada de aquella manera. Al escuchar la palabra «relación», creyó por un momento que el inspector lo sabía todo.

—La clásica relación de vecinos. Hola, adiós, vaya calor hace hoy. Esas cosas que se dicen en el ascensor cuando no se sabe qué decir.

—Entiendo. ¿Y no apreció ningún cambio en el comportamiento de su vecina? Cualquier detalle puede sernos de utilidad.

—Nada. Además, por mi horario, coincidíamos poco.

—Comprendo. Si se acuerda de algo que pueda ayudarnos, no dude en ponerse en contacto conmigo.

—Inspector, ¿por qué tantas preguntas o preocupaciones para un caso de suicidio?

—No hay que dejar ningún cabo suelto ni descartar cualquier otra posibilidad.

—¿Cree que pudo ser asesinada?

—No he dicho eso, simplemente quiero conocer todos los detalles antes de dar carpetazo al asunto.

—Ya. Que tenga suerte.

Los días transcurrían lentos durante aquel verano de 2013 que supuestamente no existía. Llevar una doble vida es muy cansado. Casi no hablaba con Mariona, las noches las ocupaba en invadir pisos, los días en sobrevivir en el trabajo haciendo algún que otro reportaje veraniego. Era plenamente consciente de que me quedaba poco tiempo para mis aventuras, aunque no tenía muy claro a dónde quería llegar.

Durante el cigarro matutino en el parque, delante de la estatua de Bécquer, revisé las fotos que había hecho en cada piso. Nada me llamaba especialmente la atención, conocía cada detalle de cada rincón de aquellas casas que no eran la mía.

En mi cabeza, de nuevo la misma pregunta sin respuesta: ¿cómo murió Ana? ¿Por qué todas las ventanas estaban cerradas? ¿Estaría en casa de Héctor aquella mañana? ¿Tendría algo que ver el argentino? ¿Vio algo Margarita? ¿Guardó un secreto sin saberlo durante años? ¿Cómo era posible que Simón no sospechara nada de la infidelidad de Ana, como demostraban las muestras de amor que publicaba en el periódico? Sin embargo, la cuestión más importante me la hacía a mí mismo: ¿qué me importaba a mí todo aquello? No entendía mi obsesión creciente por algo que había sucedido hacía tanto tiempo.

De mi ensimismamiento me sacó el sonido del móvil, un toc-toc que indicaba que tenía una notificación. Una lucecita azul señalaba que tenía un correo electrónico. Era de Ángel Zapata, el jefe de prensa de la caja de ahorros.

Has tenido suerte: en el almacén se guarda copia de los resguardos de cualquier transacción que se haya realizado en los últimos cincuenta años. No te puedes imaginar los objetos que se pueden encontrar aquí. Yo creo que, a poco que te pongas, tienes un buen reportaje. Pero vamos al caso que te interesaba. El anillo al que te refieres lo empeñó un tal Héctor Puerto, le dieron por él veinte mil pesetas. El tal Héctor vive o vivía en la calle de Alcalá. El resguardo que me has mandado corresponde a la devolución que hicimos de la sortija, que, como puso el tasador en su informe, era de oro y tenía dos brillantes pequeños y un rubí. En el informe se consignó que los prestatarios eran Puerto y una tal Ana Serná, así, con acento en la 'a'. Si te fijas bien en lo que me has enviado, casi borrado, aparece o se adivina ese nombre. Fue ella la que volvió a por el anillo al poco tiempo. Quizá te valga para el reportaje ese que estás preparando, aunque no tengo ni idea de lo que quieres exactamente. La pulsera salió a subasta tiempo después, pero nadie la compró, imagino que estará en el almacén, como tantas otras cosas que se quedan sin dueño. Avísame si necesitas más datos, ya sabes que con la crisis los Montes de Piedad han crecido muchísimo. Y si haces el reportaje sí te pido, por favor, que no caigas en los tópicos de que aquí sólo empeña gente de clase muy baja, eso era antiguamente, ahora te sorprenderías.

Cerré el *email* de Zapata y busqué la foto que había hecho al resguardo. Efectivamente, al ampliarla, comprobé que se adivinaba el nombre de Ana. La penumbra con la que me movía por los pisos me había impedido apreciar ese detalle.

El inspector Garrido se mostró bastante escéptico cuando escuchó el término por primera vez: le sonaba a loqueros y a los típicos sabelotodos que se creían que con unas preguntas aquí y allá darían con la solución del asunto. Al fin y al cabo, era lo que él hacía: preguntar, preguntar y volver a preguntar. La inspectora Tamargo acababa de regresar de Estados Unidos después de pasar un año allí estudiando lo que se había bautizado como «autopsia psicológica» y estaba encargada de dar apoyo en algunos casos policiales. Tamargo le expuso a Garrido de forma muy concisa lo que pretendía conseguir aplicando aquella táctica.

—Lo que se pretende es reconstruir la vida de la fallecida. Sí, ya lo sé, eso es lo que estás haciendo tú. Yo intentaré ir un poco más allá, encajar las piezas del puzle para entrar en su mente en el preciso momento de la caída. En Estados Unidos hay cientos de suicidios inducidos, e incluso muchos casos de suicidio que resultaron ser un accidente, o peor, un asesinato.

—Ya, es evidente. Pero para eso no hace falta irse a Estados Unidos. Ya sé yo que aquí hay algo que no encaja, las ventanas estaban cerradas, no pudo tirarse desde su casa —respondió algo molesto Garrido.

—Exacto. Hay que investigar si se lanzó desde otro piso, si algo o alguien la indujo a tirarse, o si se trata directamente de un caso de asesinato.

—¿Y dices que con la psicología lo sabremos?

—No digo eso. Digo que indaguemos, que preguntemos, que rescatemos cartas o papeles que podrían no tener importancia. Por ejemplo, hablaste con el cartero del tercero, ¿verdad?

—Sí, claro.

—Y le preguntaste por la correspondencia que recibía Ana.

—Tengo que revisar mis notas, pero no recuerdo que me dijera nada extraño.

—Si me permites, volveré a hablar con él.

—Haz lo que quieras.

—Y con la tal Margarita también querría tener una charla.

—Veo que ya has echado un ojo a mi primer informe.

—Tenía tiempo libre.

—Estaría bien que me lo hubieses preguntado. En fin, doña Margarita está fatal, se le fue la cabeza. Igual ni lo vio.

—No pierdo nada por hacerle un par de preguntas. Y toma unos breves apuntes del método que he estudiado allí, verás que no tiene nada de raro.

—Ya, ya.

Esa noche, Garrido, antes de apagar la luz de la solitaria mesilla que alumbraba su solitaria cama en su solitaria habitación, echó un vistazo a los apuntes de Tamargo.

Se define la «autopsia psicológica» como un método de investigación retrospectivo de las características de la personalidad y las condiciones que en vida tuvo un individuo, teniendo como objetivo acercarse a la comprensión de las circunstancias de su muerte a través de entrevistas a terceras personas que conocieron al fallecido en vida, íntima o profesionalmente, y la revisión de documentos relacionados con su muerte.

Todo el mundo coincide en afirmar que el hombre que acuñó el término de «autopsia psicológica» fue Adam Weissman. Sus teorías se resumen en un estudio de seis puntos que pueden ayudar a esclarecer el caso:

1. Estudiar eventos fugaces.

2. Tener en cuenta los precursores y precipitantes.

3. Hablar con personas significativas que tengan o hayan tenido una relación de intimidad con la víctima.

4. Decisiones claves, diagnósticos y tratamientos.

5. Condición social.

6. Evaluación retrospectiva de la vida de la víctima.

—Hay que joderse —se dijo Garrido—. Y para esto un año entero fuera. ¿Qué se creen los americanos? ¿Que yo paso por alto a las personas significativas o que no he tenido en cuenta los cambios de comportamiento o la condición social? Uf, me espera un infierno de caso.

Al salir al descansillo de casa por la mañana escuché cerrar la puerta del séptimo, la del actor. También había vuelto. Permanecí inmóvil a la espera de que él apretara el botón y el ascensor pasara de largo y se detuviera en su piso. Justo entonces lo llamé y forcé el encuentro.

—¿Qué tal? Buenos días.

Si la mala memoria que tengo para los nombres no me fallaba, el actor, como siempre le llamábamos Mariona y yo, en realidad era Juan. Aun así, preferí no arriesgar.

—¿Qué tal? Buenos días. ¿Se han acabado ya las vacaciones?

—Sí, por desgracia, sí. Vuelta a la rutina, ya hasta Navidades nada. ¿Y vosotros? ¿Qué tal os ha ido?

—Pues Mariona sigue de días libres. Le han recomendado que no se mueva mucho y que no viaje. Y yo... Digamos que he tenido un verano movido.

Oye, una pregunta, un amigo se quiere mudar por esta zona y me ha dicho que cuánto cuestan más o menos los alquileres. ¿Tú pagas mucho?

—No te sabría decir. Yo no pago alquiler, el piso es de un tío mío.

—¡Anda, sí, es verdad! Creo que ya me lo habías comentado en alguna ocasión. Qué suerte la tuya, casa gratis en el centro de Madrid. ¿Y tu tío ha muerto?

Tanta pregunta igual empezaba a ser sospechosa, pero no perdía nada por forzar un poco la situación.

—Que yo sepa no. Vamos, seguro que no, porque me lo habría dicho mi madre. El caso es que yo no le conozco, es tío segundo. Argentino, una parte de mi familia es de allí, la de los Puerto. Un bisabuelo o un tatarabuelo se ve que emigró allí, pero, vamos, que hace años que no sé nada de él.

—Cómo son las familias, ¿verdad? De repente, un antepasado decide irse a vivir a otro país y cambia la vida de muchos que vendrán luego. Por ejemplo, si ese antepasado tuyo no se hubiese marchado, probablemente tú no tendrías el piso.

—Sí, es una suerte que conservara este piso. Si no, casi seguro que no podría vivir en Madrid, lo de actor da para poco hoy en día.

—Bueno, alguna serie te ha salido, ¿no?

—Cada vez menos. Soy mayor y las series están llenas de niñatos.

Claramente, mis días de excursión por la escalera estaban llegando a su fin. Las casas empezaban a poblarse y cualquier incursión podía ser demasiado peligrosa. Entre la portera, la visita de Simón y la vuelta del actor, decidí que lo mejor era abortar las misiones.

Recorrí de nuevo el camino de siempre y atravesé el parque como de costumbre. Eché un cigarro con Jorge, le conté que no avanzaba ni en la novela ni en nada y traspasé el torno de entrada a mi puesto de trabajo, que me iba a mantener *ocupado* las siguientes ocho o nueve horas.

Al llegar a mi mesa, volví a buscar en la hemeroteca algún artículo de Simón. Encontré uno del 15 de diciembre de 1984.

Aleixandre vuelve al Paraíso

SIMÓN H. DÍAZ

Madrid

El hijo del ingeniero de ferrocarriles emprendió ayer vuelta a una estación a la que de alguna manera siempre quiso volver. Esa estación no está en los mapas, ni en las guías, y en sus andenes no hay nadie esperando salvo el yo que un día fuimos. Vicente Aleixandre ha muerto, se apagó anoche de algo tan poco poético como una hemorragia intestinal a la edad tan poco poética también de ochenta y seis años, siete después de alcanzar el más alto reconocimiento que un escritor pueda lograr: el Premio Nobel. La Academia sueca se lo otorgó textualmente «por su gran obra creadora, enraizada en la tradición de la lírica española y en las modernas corrientes poéticas iluminadoras de la condición del hombre en el cosmos y de las necesidades de la hora presente». Palabras que, a juicio del que esto escribe, no ponen en valor a Aleixandre, maestro de poetas, superviviente de una Generación, la de 27, que hizo de enlace con los hacedores de versos de la Generación del 50 y encontró en el amor y en la vida sus fuentes de inspiración.

Para entender a Aleixandre hay que entender la enfermedad, ser tuberculoso hace sesenta años no debió de ser sencillo. Obligado a recluirse en un sanatorio de las afueras de Madrid, su afición a construir rimas nació entre esputos, toses, fiebres nocturnas y una pérdida de peso que le daba un aspecto demasiado frágil. Allí hay que buscar el germen de *Ámbito* y de todo lo que vendría después, hasta sus *Poemas de la consumación*, donde parece mirar a la muerte desde la mejor atalaya posible, la vejez.

... porque nadie quiere morir,
puedes sonreír de buena gana, y burlarte, y mirándolo con desdén quiere morir,
decir con voz muy baja, de modo que todo el mundo te oiga:
«Amigo...: todo está consumado».

Aleixandre se consumó anoche, y sin entrar a valorar cuestiones muy íntimas, manaña será enterrado en la Almudena, en Madrid, a pesar de que su tierra preferida era la niñez, esa que afirmaba que pasó en Málaga, tierra a la que él rebautizó como el Paraíso.

«Amigo...: todo está consumado». Todo lo que escribía Simón parecía que hablaba de él; hablaba entre líneas en todos sus artículos. Quizá era obsesión mía, pero todo guardaba relación con su vida. Desde luego, yo tenía la certeza de que Simón se había consumado aquel 20 de septiembre. Tenía narrando un estilo propio, una manera diferente de enfocar la noticia, informaba desde la opinión, o mejor, desde el corazón. Siempre me han gustado ese tipo de periodistas.

La mañana era gris; un gris de esos que invitaban a no salir de casa, un gris que no presagiaba nada bueno, un gris que apagaba las pieles, que entristecía las caras; un gris atípico para finales de verano. El color tan plomizo impedía que entrara la luz en el edificio. Las zonas comunes, la escalera que abrazaba la caja del ascensor palidecían; las ventanas que daban al patio apenas se dejaban vislumbrar, ventanas que cerraban mal y por las que se filtraba una especie de corriente que enfriaba los huesos. Era un día perfecto para morir y sumir a todos en una oscuridad aún mayor.

Puntual como cada jornada, Simón cerró la puerta de casa, llamó al ascensor y en esos escasos cuarenta o cincuenta segundos que tardó en llegar le dio tiempo a pensar que una vez más se iba sin darle un beso a Ana. No sabía cómo ni por qué, pero entre ellos se había levantado un muro imposible de salvar. Ella estaba distante, como si cargara con una pena, una pena pesada que le oprimía el corazón y que provocaba que casi no se pareciera a la mujer de la que se había enamorado delante de aquellos viajeros pintados por Rigaud. Apenas sonreía y la encontraba ausente tan a menudo que estaban en la misma sala y parecía que había miles de kilómetros entre ellos. Pero Simón no estaba dispuesto a perder la batalla, estaba tan enamorado como aquel día en el Prado, era la mujer de su vida y siempre había tenido la certeza de que sólo tocaba una mujer de tu vida por vida. Con el sueño todavía empapándole la mente volvió a pasear por aquellos caminos del deseo que tanto pisaban los dos.

—Ana, prefiero que los llames *sentiers du désir,* que suena más romántico.

—Ya, ya, pero es más cursi. A mí me gusta caminos del deseo, o atajos voluntarios —respondió Ana pisando una pequeña vereda o calva que se había abierto en el césped que daba entrada al Parque de Roma.

—Bueno, está bien. Ni para ti ni para mí: atajos del deseo.

La afición le venía a Simón de las caminatas por Nimel con su padre. Había sido él quien le había enseñado incluso a ser el arquitecto de uno de esos senderos.

Los caminos del deseo son un acto de rebeldía, una especie de desobediencia a lo que nos imponen, la prueba inequívoca de que muchas veces no hay que ir de A a B por el lugar que nos dicen. Suelen ser muy habituales en los parques, donde la gente atraviesa el césped en vez de seguir la ruta marcada por quien ha diseñado el jardín. De tanto pisarlo, se va formando una pequeña vereda que es la que al final se acaba utilizando. Simón soñaba con ir algún día a Japón. Allí, algunos parques se hacían sin caminos hasta pasado un tiempo, cuando los arquitectos comprobaban por dónde transitaba más la gente. En ese país, hasta los pasos de cebra en diagonal son una suerte de senderos del deseo, de una acera a otra se va más rápido en diagonal.

Simón se enorgullecía de haber sido el creador de uno de estos caminos: el que servía para acortar desde la calle Sainz de Baranda hasta la acera que daba a la colonia de casas de Fuente del Berro. Era un camino complicado porque había que subir una pequeña pendiente, pero sin duda ahorraba mucho tiempo.

Ana y Simón llevaban mucho tiempo ya sin transitar por ninguno de esos territorios, sin salir de expedición por los parques de la ciudad y sentarse en un banco a observar a la gente saltarse la ruta habitual. Podían pasar horas así, trazando su propio mapa.

En realidad, habían dejado de pasear, de explorar, de deambular sin rumbo con la única intención de saber que lo suyo, más que un camino, era una vida llena de deseos por cumplir.

Los pensamientos van mucho más rápido que el tiempo, en unos segundos podemos pensar muchas más cosas de las que podríamos verbalizar o hacer. El leve pitido del ascensor le sacó a Simón de esa especie de ensoñación en la que andaba enredado. Suspiraba por recuperar aquellas tardes buscando atajos. Al ganar la calle se cruzó con Héctor, que iba cabizbajo y al que pareció asustar su saludo.

El breve intercambio de holas fue suficiente: las cabezas de los dos estaban lejos, muy lejos, y sin saberlo en el mismo sitio: en el quinto izquierda.

Héctor había pasado una mala noche, como todas las recientes —clientes maleducados, propinas escasas— y a aquella circunstancia se sumaba la pérdida de Ana, la pérdida física, la falta de los encuentros furtivos de todas las mañanas, sumergirse en sus brazos, acariciar su cuerpo, quitarle la poca ropa con la que le recibía, compartir confidencias y preocupaciones. Se encontraba solo, más solo que nunca, y desesperado, como si su vida ya no tuviese sentido, como si le faltara una pieza. Él, que presumía de corazón helado, de ser hombre de pocos sentimentalismos, de rudo, que se había apañado hasta hacía no mucho con lo que tenía, que era escaso pero suficiente. Se preguntaba la razón por la que no podía volver a ser el hombre que había sido, buscaba motivos que le ayudaran a extirparse ese trozo de su vida comprendido entre la irrupción de Ana y su adiós. No los encontraba. ¡Maldito seas, Simón, maldito seas por existir! Ese era el saludo que hubiese querido ofrecerle; parar, mirarle a los ojos y contarle que él era el único escollo para alcanzar la felicidad; invitarle a desaparecer, a retirarse, a dar un paso atrás.

—Ah, ¡hola, Simón! No te había visto. Hasta luego.

Cuando llegó al portal, apretó el botón del quinto inconscientemente. Al darse cuenta del error se quedó un rato vencido, apoyado en el espejo en el que cada noche se miraba antes de ir a la coctelería. Ana estaba a sólo unos metros, quizá despierta haciéndose un café, con el batín semiabierto y los párpados ligeramente hinchados como prueba del sueño transcurrido. Estaba ahí, a un golpe de timbre.

La realidad puede cambiar, lo malo es cuando lo hace sólo para una persona y la otra quiere seguir viviéndola. Eso es el desamor, el sufrimiento, la desesperación.

Volvió a tocar el botón que señalaba el cero, llegó de nuevo a la portería y salió a pasear y a respirar el aire de aquel amanecer sin luz.

Ana, como cada mañana de las últimas semanas, fingió seguir dormida cuando Simón comenzó la ceremonia diaria de despertarse. Hizo que no escuchaba la cafetera avisando, el agua de la ducha correr ni la puerta cerrarse. Creía que con los ojos cerrados estaba protegida de todo, hasta de la mentira. En ese estado viajó a los días felices, a aquellos despertares tan diferentes en los que saltaba de la cama para desayunar con Simón y le acompañaba a la puerta sin dejarle escapar hasta darle un prolongado beso que sabía a cafeína y a verdad. Quería recuperar aquello, pero la culpa paralizaba sus acciones, congelaba cualquier intento de aproximación. No se puede volver atrás por mucho que se desee, quizá el engaño se pueda mantener, pero a la conciencia es imposible despistarla, te golpea cada segundo, a cada instante.

Casi siempre lloraba mientras esperaba a que el ascensor anunciara su soledad. Aquella mañana había decidido ir a ver a Héctor y pedirle por favor que se mudara de casa y de sus vidas. No era la solución, pero quizá ayudaría a echar gasolina al olvido. Hacía dos días se habían cruzado en la portería y la situación había sido inaguantable. Al marcharse Simón, puso el despertador a las ocho cuarenta y cinco, por si el cansancio le abatía. A esa hora, Héctor estaría en casa. No hizo falta que esperara a la alarma, después de dar varias vueltas entre las sábanas se levantó, se puso lo primero que tenía a mano y subió al séptimo.

Llamó tres veces al timbre. Al no obtener respuesta, utilizó la llave que Héctor le había dado meses atrás. Repasó aquellas estancias en las que se había dejado ir tantas veces. Sonrió al ver el cuadro de caza. Nunca le había gustado. Recordó la primera vez que había visto a Héctor, en el ascensor, cargando con él.

Un par de golpes secos en la puerta sobresaltaron sus pensamientos. Corrió hacia la mirilla.

Quedé con Garrido en la terraza de la cervecería Santa Bárbara, que divide las calles Goya y Alcalá. Llegué con tiempo para ordenar en mi mente todo lo que quería preguntarle. No conocía su aspecto, así que mi imaginación le dibujaba como un tipo mayor, pero no un mayor viejo, sino un mayor de esos curtidos, con bigote de los de toda la vida, pelo castaño, gafas antiguas y vestido de marrón, el tono que a uno le hace pasar desapercibido a ojos de los demás. Lo curioso es que mi mente lo dibujaba en blanco y negro, como anclado en los años de la investigación del «caso Lunardi», así había rebautizado yo el asunto a esas alturas de aquel extraño verano. La cabeza es peculiar, nuestros recuerdos o nuestros pensamientos, al menos los míos, van asociados a la época en la que se producen. Si pienso en algo que ocurrió hace bastantes años, lo repodruzco en blanco y negro o en sepia, o en Kodachrome, que, sin ir más lejos, es el color de mi infancia; mi niñez está hecha en Super 8. Así que en aquella terraza en un día con aire que balanceaba demasiado el toldo que hacía de línea divisoria entre la acera y la ruidosa calle, yo esperaba a un hombre en blanco y negro recortado dentro de aquel presente en color.

Garrido se presentó de marrón, pero no tenía nada que ver con lo que mi cerebro había diseñado. Era un hombre alto, corpulento, y que en su día había debido tener cierto atractivo. Su cara la recorrían surcos, no arrugas; pelo alborotado blanco y nariz partida sin terminar de partirse del todo, como la de un boxeador al que le deben un golpe para terminar de destrozársela. Su mano era fuerte y la estrechaba con tal firmeza que parecía querer decirte que no le hicieras perder el tiempo o que tonterías las justas. Camisa blanca, pantalón vaquero, chaqueta marrón agabardinada, un clásico.

—Es usted el periodista, ¿verdad?

—Sí. Usted, Garrido, supongo.

—Eso es, Juan Garrido. Aquí estoy, aunque desconozco para qué.

—Es simple curiosidad, mezclada con un asunto profesional.

Pedimos un par de cañas y fui directo al asunto.

—Estoy escribiendo una novela sobre un caso que se produjo en mi edificio y que no termino de poder cerrar. Quizá recuerde algo. Ana Serná y Simón Hurtado, ella se suicidó el 20 de septiembre de

1983. Estoy intentando atar cabos para narrar cómo una historia de amor a priori tan idílica o tan feliz pudo romperse de forma tan trágica. La idea para escribir la novela me la dieron las notas que Simón envía cada año a un periódico, demostrando lo mucho que la echa de menos.

Garrido me interrumpió bruscamente. No tenía aspecto de ser de esos tipos que se dejaban impresionar por dos palabras bonitas ni de andarse por las ramas.

—Ella estaba liada con el argentino. Lo supimos casi desde el principio, desde que le interrogué por segunda vez. Ahí supe que había algo entre ellos, pero no pudimos probar que guardase relación con la muerte de ella. Ni siquiera pudimos probar, como hemos sospechado siempre, que ella cayó desde su piso.

—Vaya, yo también he creído siempre que ella le fue infiel a Simón. —Me dieron ganas de contarle lo que había descubierto en casa del cartero, de enseñarle las fotos que había hecho a la correspondencia que habían mantenido, sobre todo la última carta, en la que ella había decidido romper.

—Sí, pero eso no es delito, no significa nada, salvo que nos hizo sospechar del marido. Pero a la hora a la que Ana Serná cayó, Simón estaba en la redacción y luego en la Biblioteca Nacional, creo recordar, y le vieron muchas personas, así que descartamos que fuera él.

—¿Pero Simón sabía que Ana le engañaba?

—Lo ignoro. Nosotros no se lo dijimos, eso seguro; pero si nos dimos cuenta tan rápido, dudo que él no supiera nada.

—Usted siempre creyó que no fue un suicidio, ¿verdad?

—Mira, chico, lo que uno crea y lo que pueda demostrar son cosas muy diferentes. Todo me hacía sospechar esos días, no me fiaba ni de la pobre hija de Amalia, que ya estaba postrada en la cama.

—¿Qué hija?

—Cristina. Su hija Cristina. Lleva toda la vida incapacitada, no sé si vivirá todavía. No salía casi nunca de casa, salvo algunos paseos en silla de ruedas. Recuerdo el escalofrío que sentí cuando después de varias visitas, doña Margarita, la mujer del séptimo que había perdido la cabeza, logró decir: «No estaba sola, no estaba sola, no estaba sola». No dijo nada más y no lo volvió a repetir. Pero esa afirmación fue una de las razones que siempre me hicieron pensar en algo más que un suicidio.

»Para mí, casi todos los del edificio eran sospechosos. El cartero tan evasivo, la portera tan misteriosa en algunos datos, el argentino y el marido, obviamente. La única que se libraba era la pobre vecina del cuarto y su hija enferma. Parecía todo sacado de una novela. —Garrido sonrió al decir eso—. Claro, la que tú estás escribiendo. ¿Y cómo la vas a terminar? La gente quiere un asesino, un malo, y en este caso no hay ninguno.

—En ello estoy, por eso quería que usted me ayudara, que me pusiera sobre alguna pista. Yo creo que Simón supo que su mujer le engañaba, aunque dudo si mientras ella vivía o justo después. Pero si lo supo, ¿por qué enviar esas cartas al periódico? ¿Por qué ese amor a través del tiempo?

—Vete tú a saber. He visto cosas más inverosímiles todavía. No puedo ayudarte mucho más. Y mira que le estuve dando vueltas al caso, que analicé hasta el último detalle, pero nada, nada nos condujo a un culpable. Así que lo cerramos como un suicidio.

—¿Y no le llamó la atención alguno de los interrogatorios?

—No especialmente, aunque recuerdo lo cretino que fue el dueño de la casa, vamos, el que tenía varios pisos en el edificio. Hablaba de la muerta con cierto desprecio. Luego pudimos comprobar que en general esa era su actitud con todo el mundo: el clásico señorito de toda la vida que siempre ha tenido dinero. Tenías que ver cómo hablaba a la portera. Pero, vamos, no había indicio tampoco para sospechar de él. Yo, en el fondo, creo que se sentía atraído sexualmente por Ana y que incluso algún día se habría insinuado o habría intentado propasarse. Hablaba de ella como si se tratara de una mujer fácil. Un asco de hombre. Pero lo que te digo, no busques más, no encontrarás nada.

La conversación con Garrido no arrojó luz a mis tinieblas en cuanto a la forma de rematar la novela, pero sí me dio una idea.

Aquella noche, al llegar a casa, escribí el final: ese que se había quedado congelado hacía días con unos nudillos llamando a la puerta del piso de Héctor y con Ana posando su ojo en una mirilla.

León tiene nueve meses y todavía no le han salido los dientes. Digo todavía sin saber si le deberían haber salido ya, porque todo depende de la página de internet que decidas consultar para volverte loco. Cuando cumplió cuatro, un amigo dijo que le había visto dos manchitas blancas en las encías que apuntaban a dientes, pero fue una falsa alarma. A mí aquellos días me tenía impresionado eso que cuentan los cientos de expertos en la materia al afirmar que si de adultos tuviésemos que soportar que nos salieran los dientes, el dolor sería inaguantable.

Así que ese era el panorama: León no tenía dientes con los que masticar todo lo que caía en su boca y tampoco gateaba. A fe que lo intentaba, pero no terminaba de coger el truco a aquello de echar un brazo delante primero y otro después. A cambio, nos regalaba una carcajada tras otra. Costaba imaginar a un niño que se riera más: la galería de fotos y vídeos de mi móvil estaba invadida por él. A esas doscientas o trescientas fotos se sumaban en esa galería las imágenes de los pisos de mis vecinos. El verano en el que me dio por invadir hogares ajenos estaba e iba a estar todavía muy presente en mi vida.

Entregué la novela más o menos a tiempo, en octubre, para su venta en enero. La editorial siempre ha creído que es una buena fecha para salir: la campaña de Navidad suele ser para los grandes nombres, la gente no arriesga al regalar. Un Ken Follett es éxito seguro debajo del árbol.

A mi editora no le había comentado nada del cambio radical en el argumento: mi abuela y su historia apasionante de peluquerías, amor, Madrid y narcolepsia había quedado muy lejos. La novela la terminó protagonizando el quinto izquierda y toda la historia que rodeó a Simón y a Ana, desde que se habían conocido ante el cuadro de Lunardi hasta la muerte de ella y la posterior investigación.

El día que entregué el manuscrito me sudaban las manos, me temblaba el ojo izquierdo sin que yo lo hubiese ordenado y se me dormían las piernas, haciendo que pareciera un completo gilipollas al entrar en la editorial. Decidí llevarlo en mano para dar la cara y ver también la que ponían ellos. Hasta entonces, mis visitas a la editorial habían sido felices —iba, saludaba, me tomaba un café, charlábamos—; aquella mañana, sin embargo, tenía la sensación de estar en una especie de antesala de un juicio sumarísimo. No había ninguna razón para estar así, el trato desde el primer libro había sido tan cariñoso que era imposible imaginar que se fueran a enfadar conmigo, pero el miedo no atiende a razones y, subiendo en el ascensor, me sentí como el niño al que años atrás llamaban a capítulo al despacho del director del colegio. También influía el hecho de que tenía un contrato firmado por el que había cobrado una parte del anticipo; un contrato que llevaba el título de la nueva novela, *Entre sueños,* por aquello de ser una especie de acta notarial de las cosas que mi abuela iba contando entre ataque y ataque. Si me acusaban de incumplimiento de contrato, sería difícil alegar razones en mi favor: de *Entre sueños* a *Quinto izquierda* hay demasiada distancia como para no haberla puesto en conocimiento de, al menos, mi editora, a la que en los tiempos del libro anterior enviaba *emails* cada domingo.

—Ya, lo entiendo, debería haberlo dicho, o al menos explicarlo, lo sé. Pero quería estar seguro de que esta era la novela que me apetecía escribir y comprobar si me parecía lo suficientemente buena como para mostrarla.

—Pero entiende que en las reuniones con los libreros les vendimos algo totalmente diferente, les hablamos de historias de amor, de una mujer increíble adelantada a su época y hecha a sí misma, de una nueva *El tiempo entre costuras*.

—Lo entiendo, lo entiendo perfectamente y no puedo decir nada que me disculpe. Se me cruzó esta historia y me puse con ella. Os propongo una cosa: leed el manuscrito y me decís sinceramente vuestra opinión. Si no funciona, si no os gusta, tenemos dos opciones: os devuelvo el pago del anticipo y empezamos de cero o intento dar forma a *Entre sueños* para tenerla lista lo antes posible.

Así escrito parece que en esa reunión todo fue dicho con aplomo, pero, en realidad, mi imagen era parecida a un cuadro de Picabia: mi ojo entornado, mi pierna bailando a su aire y mis manos, como digo, chorreando. Descompuesto.

La semana siguiente estuvo dominada por la incertidumbre y también un poco por el remordimiento de conciencia de no haber hecho las cosas del todo bien. A la dificultad de dormir del tirón de esos meses se unió la preocupación por el veredicto inmediato sobre la novela.

Según me habían comentado, iba a ser una de las apuestas de la temporada, con una primera edición generosa y la promesa de moverla mucho en ferias y demás eventos gastroliterarios. Eventos más sociales que otra cosa y en los que cuesta ver a un escritor, quiero decir, a alguien cuyo oficio sea el de escribir. Saludas a colegas de televisión, a actores, a cocineros, a princesas de la tele, a estrellas radiofónicas, a columnistas de desopinión, a deportistas de élite, a economistas, a políticos, a expolíticos, a psicólogos, a psiquiatras, a preparadores físicos, a sociólogos. Ninguno, o casi ninguno, somos escritores. Quizá también porque ya es muy difícil vivir de escribir.

Un día en la pantalla del móvil apareció el nombre de mi editora. Me estaba llamando.

—Nos gusta mucho. A la jefa se le ha pasado el pequeño enfado que tenía. Dice que reúne los ingredientes perfectos: amor, intriga, humor. Seguimos con los plazos establecidos, pero queríamos hablar contigo de una cuestión. ¿Te vienes por aquí y tomamos un café?

—¡Claro! ¡Qué bien que os haya gustado! Entiendo el enfado, no te creas, pero... no sé, no me atreví a comentaros nada hasta que no la hubiera terminado.

—¡No te preocupes! Ahora toca rediseñar un poco la estrategia, pensar en una cubierta y editarla. ¿Te vienes mañana a tomar café entonces?

—Sí, a eso de las cinco allí estaré.

La editorial me había dado bastante margen entre un libro y otro. Hay quien dice que dos años es la frontera que no conviene traspasar. Transcurrido ese tiempo la gente se olvida del primer libro e incluso de que escribías. Yo estaba en el límite, pero la paternidad y el trabajo me habían impedido concentrarme más allá de lo que lo había hecho aquel verano y los meses siguientes. La historia de Ana y Simón había ido creciendo en mi cabeza; las notas en el periódico, el argentino, las joyas empeñadas. Pero lo definitivo había sido la conversación con mi portera el día que me contó que Ana se había precipitado al vacío. Nadie que presumiblemente fuera tan feliz se quita la vida. O sí. Siempre he creído que la mejor ficción es la propia realidad y una novela nace en el lugar más inesperado. *Quinto izquierda* nació en mi portal, junto al ascensor. En el fondo, a Noelia le debo los dos desencadenantes: aquella especie de confesión y haber extraviado las llaves de los pisos. El destino es caprichoso.

—¿Qué tal? ¿Cómo estáis? —Me dirigí a la jefa—: Espero que me hayas perdonado, soy consciente de la faena que os he hecho.

—No te preocupes. Te salva que me ha gustado mucho la novela y que la he devorado casi sin descanso. Pero, y sin ánimo de meterme donde no me llaman, ¿de verdad entraste en los pisos? ¿De verdad te colaste en todas las casas?

—Mmmm... Ehhh... Ufff. Bueno, todo está muy ficcionado.

—Si yo no te juzgo, pero podemos tener un problema. ¿Los nombres que aparecen son reales?

—Sí, son los de mis vecinos.

—¿No podrán verse identificados y emprender alguna acción legal? —interrumpió mi editora.

—Sí, pero alegaríamos que todo es ficción y que se trata de una historia que llegó a mí a través de las notas publicadas en un periódico.

—Sí, pero las descripciones de las casas, las personas... Tenemos que cambiar algunas cosas.

—Por supuesto, si creéis que es mejor, tocamos un poco alguna descripción y cambiamos algún nombre.

—Habrás pensado en mudarte, ¿no? Porque desde el mismo momento en que un vecino lea la novela, te van a mirar muy mal.

Me eché a reír.

—¿Sí? Bueno, espero que no.

—Ya te digo yo que sí. Hasta los personajes menos desarrollados se verán reflejados. No me digas, doña Amalia y la pobre de su hija... Eso es de cajón.

—Ya, es curioso. De la existencia de la hija no me enteré hasta hace relativamente poco, al hablar con el inspector que llevó el caso. Creíamos que era una loca que cantaba y hablaba sola.

—Una última pregunta. Dime, por favor, que el que sugieres como asesino sí es totalmente ficticio, que no existe, que ha salido de tu cabeza.

Ana no había querido darle mayor importancia a la medio insinuación de Manuel Aranda días atrás cuando subió con él en el ascensor, aunque había sido incómodo y desagradable.

—Yo voy al sexto, a cobrar un alquiler.

El hecho de subir en el estrecho ascensor de la finca con alguien ya podía convertirse en una experiencia poco recomendable, pero si ese alguien se te pegaba, se ponía demasiado cerca y dejaba caer así, de cualquier manera, lo guapa que estabas o lo bien que te sentaba el vestido, se convertía en un asalto en toda regla. Al llegar al quinto, Ana salió apresurada, como si le faltara el aire, de la misma manera que cuando se transita por algún lugar que huele mal y aguantas la respiración tanto que crees desfallecer. Al cerrar la vieja puerta de hierro forjado del ascensor, Aranda le dijo algo que la puso en guardia:

—¿Hoy no vas al séptimo? No te preocupes, guardaré tu secreto. —Su sonrisa era zafia y babeante.

«Este cabrón sabe mi historia con Héctor, pero ¿cómo se ha podido enterar? Si él ya no vive en el edificio. Quizá me ha visto subir alguna vez. Justo cuando pongo fin a todo, me pasa esto», pensó Ana.

Todo eso recordó Ana cuando, al asomarse a la mirilla, vio la cara de Aranda al otro lado de la puerta de Héctor.

—Vamos, querida, sé que estás ahí. Abre, te aseguro que lo mejor para ti es que me abras la puerta. ¿No querrás que monte un escándalo en la escalera y que se termine enterando Simón?

Ana abrió lentamente, con una mezcla de miedo y resignación.

—¿Qué quiere?

—Ya sabes lo que quiero, lo mismo que le das a Héctor todas las mañanas. No te preocupes, él me ha contado alguna noche en la coctelería lo bien que os lo montáis.

—Váyase ahora mismo, es usted un hijo de puta. Héctor no le ha contado nada.

—¿Y cómo sé yo entonces que le recibes muchas veces en batín y alguna vez sin nada más puesto? Vamos, no te hagas la estrecha conmigo, si has engañado a tu marido con uno, qué más da que lo hagas con otro.

—Váyase, cabrón, no se acerque a mí.

—¿Que no me acerque? Quiero estar muy cerca.

Ana había ido retrocediendo de espaldas sin perder nunca la mirada de Aranda. En el pasillo, él la intentó coger y ella se metió en la habitación.

—Vamos, te repito que no te conviene montar un numerito. Será curioso ver la cara de Simón al enterarse de que su mujer, tan perfecta, es una furcia cualquiera.

—Es usted un ser despreciable —exclamó Ana en la puerta de la habitación.

Aranda la tiró sobre la cama y empezó a desabrocharse la camisa y a aflojarse el cinturón. Ana logró alcanzar un cenicero de piedra que estaba en la mesilla y, sin pensarlo, le golpeó en la cara con todas sus fuerzas.

—¡Maldita zorra! —gritó—. ¡Ahora sí te vas a enterar! ¿Quién te has creído que eres?

Aranda no sangraba, pero su cara estaba desdibujada, mitad por la rabia y mitad por el impacto del cenicero que tantas mañanas había acogido las colillas de Héctor después de perderse con Ana entre las sábanas.

Forcejearon. Aranda intentó levantarle la falda. Ana le mordió, empezó a darle patadas, las manos del hombre, grandes y rudas, apretaban cada vez más fuerte su cuello. A Ana le costaba cada vez más moverse, en su cabeza aparecía una y otra vez Simón y lo que pensaría si le comunicaban que la habían encontrado muerta en casa de Héctor. Porque Ana se sentía morir, no le llegaba el oxígeno al cerebro y su única preocupación era no haber sido sincera con el hombre de su vida. El cuadro de Lunardi también comenzó a aparecer confuso en su mente, se mezclaba con Miss Mara, la trapecista. Las lágrimas empezaron a caer por su cara. Su corazón dejó de latir.

Aranda se quedó blanco. Le dio un par de palmadas en las mejillas.

—¡Vamos, despierta, no me jodas! —Zas, zas—. Mierda, mierda, piensa rápido, Manuel, piensa, piensa.

Abrió la ventana y arrojó a Ana al vacío. «Suicidio», pensará la gente.

Limpió como pudo la habitación, estiró la colcha para dejar la cama como la había encontrado y salió a toda prisa. Bajó corriendo por las escaleras. En el portal no estaba Noelia, que andaba ya en el patio de luces pidiendo ayuda a gritos. Salió a la calle y se marchó a un bar cercano hasta que pudiese tranquilizarse un poco.

El periódico que había encima de la barra indicaba que aquel día era 20 de septiembre de 1983.

Al verse reflejado en el espejo advirtió la señal que le había dejado el impacto del cenicero. Pensó en cómo podía disimular el golpe o explicarlo cuando llegara el momento. Empezó a discutir con el camarero, a gritar, tiró un vaso al suelo. Le sujetaron entre dos para echarle del bar y Aranda lanzó un puñetazo que encontró respuesta justo en la mejilla deseada. Ya tenía coartada para aquello también.

El trabajo de edición del libro fue bastante laborioso. Desaparecieron algunos personajes, como la hija de doña Amalia; el edificio pasó de siete a seis plantas; la portera se convirtió en portero y se tocaron bastante las descripciones de las viviendas. El espíritu seguía siendo el mismo: una historia de amor y desamor contada en saltos temporales, intentando que el lector siempre tuviera más datos que el propio protagonista y jugando a que no se supiera exactamente cuánto había de ficción en las páginas. El lanzamiento se retrasó a febrero. Con el cambio tan radical de argumento hubo que ajustar —por decirlo de una manera fina— muchas cosas. Febrero, cerca del día de San Valentín, esa era la nueva fecha en el calendario.

La noche anterior a ese 5 de febrero dormí inquieto, como ya me había sucedido con el libro anterior. Pero además, en la novela, se añadía la preocupación por que nadie se viera reflejado en ella. Mi editora y yo estábamos seguros de que todo había quedado bastante disimulado. Ni Simón era ya Simón, ni Ana se llamaba Ana —ahora la pareja protagonista era Pedro y Daniela— y Héctor, que se convirtió en Guillermo, se había dejado el acento argentino para tenerlo gallego. Todos podían sospechar, pero ninguno podría demostrar que eran parte de la novela. Bueno, Simón se vería reflejado claramente, pero lo más probable es que ni llegara a leerla. Ya sería casualidad.

El arranque no fue ni bueno ni malo, simplemente tibio; se vendía con regularidad y en la editorial afirmaban que eso era buena señal porque aseguraba una vida larga. La vida larga de un libro siempre es más corta que la vida de cualquier otro objeto, pero esa vida me llevó de ciudad en ciudad para presentaciones y encuentros con los lectores, que es, quizá, la parte más edificante de todo este negocio. La puesta de largo oficial, como ocurrió con el primero, fue en Murcia, en el mismo salón de actos de la universidad en el que un par de años atrás mis amigos y mi familia me arroparon. Mi padre ya no estaba sentado en la tercera fila donde se sentó aquel día, en lo que va de un libro a otro se había marchado. Una vida, un libro. En cambio, entre el público, un bebé que acababa de cumplir el año era la máxima novedad.

Intentaba explicar la novela sin contarla. Cada vez que me preguntaban por la inspiración para dar vida a algún personaje, o si el edificio existía, o si Pedro y Daniela estaban basados en personas reales, buscaba evasivas y me agarraba al manido argumento de lo delgada que es la línea que separa realidad y literatura. El problema no era que hubiese contado una historia inspirada en hechos reales; el problema era que para contarla había entrado en media docena de casas ajenas y obtenido datos que, de otra forma, me habría resultado imposible obtener. Así que ficción, ficción y ficción, esa fue la palabra que más repetí durante esos meses.

Llevé un par de ejemplares a mi crítico más fiel, pero no encontré a Jorge en el parque de la Fuente del Berro. Un compañero me contó que iba a estar unos meses echando una mano a sus colegas del Retiro, donde a muchos árboles «les había dado por suicidarse», dijo textualmente.

Murcia, Sevilla, Valencia, Bilbao, Barcelona, esa fue la ruta oficial organizada por la editorial en el plazo de cinco días. A ciudad por día. Luego habría actos y charlas en los lugares que lo pidieran y corrieran, eso sí, con los gastos.

Y fue en Ávila donde pasó algo que cambió todo.

El encuentro con los lectores era en el Episcopio de la localidad. Estaba moderado por la concejala de Cultura, que se había leído detalladamente la novela, incluso había encontrado alguna de las contradicciones que me gusta dejar sueltas para que el lector se tope con ellas si presta atención —algún pequeño fallo en un nombre o algo similar—. Estaba tan preparado el acto que además de la portada en grande que facilita la editorial, habían puesto un enorme mural con el cuadro de Rigaud que hizo que Simón, ahora Pedro, y Ana, ahora Daniela, se conocieran.

Debía de haber unas cuarenta o cuarenta y cinco personas, además del librero local, que intentaba colocar la novela a todos, con un jugoso diez por ciento de descuento.

La concejala ya me había contado que en los encuentros que ella organizaba era tradición que los asistentes se fueran pasando un cuaderno entre ellos para exponer su punto de vista sobre el libro o simplemente saludar al autor.

Al final, te llevas a casa el cuaderno como recuerdo. Me pareció una idea estupenda porque daba la oportunidad de ser sincero sin pasar por el embarazoso momento de hablar en público.

Se vendieron veinticinco libros, firmé unos treinta y cinco en total y en menos de una hora estaba de vuelta en casa después de una tarde bastante agradable.

Al acostarme, y después de que León perdiera la batalla con el sueño, le conté a Mariona cómo había ido el acto. Me acordé del librito de lectores que me habían regalado y fui a buscarlo al salón. Al volver, Mariona había seguido el camino de León, así que regresé al salón y me tumbé en el sofá.

Gracias por su visita, me gustan sus reportajes en la tele y espero que también su libro. Fátima.

Me siento como tú en el primer capítulo de tu anterior libro: «El reto de escribir algo». Pero me animo a decirte que pienso leerme Quinto izquierda *de arriba abajo. Seguro que me encanta. Un beso. María Luisa.*

¿Por qué en sus dos libros está tan presente la muerte? Anímese a escribir algo menos triste, dicho sin acritud. Un abrazo. Juan Ramón.

Ya te escribiré por Facebook, pero ha sido una gran tarde. Anónimo.

Todo el cuaderno estaba lleno de palabras amables, me sentí afortunado por poder vivir esos momentos. Me parecía una especie de milagro que cuarenta y cinco personas emplearan dos horas de su sábado por la tarde en acercarse a escuchar mis miedos, mis historias, mis batallitas.

Me gusta la magia que descubres en lo cotidiano. Marta.

A pesar del cruce de historias y de la cantidad de personajes, me ha gustado mucho la forma que tienes de fijarte en los pequeños detalles de las vidas anónimas. P. D.: Yo conozco varios caminos del deseo, o ¡atajos! Cristina.

Fui yo, Héctor, el vecino del ático, el argentino. Ese al que tú llamas Guillermo. Yo maté a Ana, aunque matarla no es la palabra exacta para describir lo que sucedió aquella mañana.

Di un salto en el sofá, me incorporé y volví a leer aquellas palabras: eran el principio de un enorme párrafo que se extendía varias páginas. El corazón se me aceleró, busqué la colilla de un cigarro, que era lo único que me quedaba en casa, y seguí leyendo.

Su libro es bastante poco fiel a la realidad, aunque acierta en un par de cosas. Dos hombres profundamente enamorados de una mujer. A mí me faltaba la respiración sólo con pensar que no iba a tenerla más, que no iba a poder disfrutar con ella cada momento de mi vida, cada segundo. Me conformaba con esas casi madrugadas furtivas en mi casa cuando yo llegaba después de toda la noche trabajando y ella me esperaba casi desnuda y hacíamos el amor hasta agotarnos. Nuestra aventura empezaba y terminaba en los poco más de ochenta metros cuadrados que tenía esa casa en la que ahora vive un sobrino. En realidad, todo ocurrió de la forma más absurda y fue producto de un momento de enajenación que todavía hoy no alcanzo a comprender. Sigo enamorado de esa mujer, de la mujer que vi unos segundos destrozada en el suelo del patio de luces. Fíjese que desde arriba, a una distancia de siete pisos, no seis, como afirma en la novela, todavía po-

día apreciar su belleza. No le deseo a nadie los segundos posteriores a la caída, la cabeza estaba a punto de estallarme, la vista se me nubló. Salí como pude de allí por la puerta de servicio, esa que usted también tendrá en su piso. Me ha llamado la atención que no haya utilizado ese elemento en la narración: la existencia de una segunda escalera que debido a la instalación del ascensor años antes dejó prácticamente de utilizarse. Por esa escalera y por esa puerta de atrás entré aquella mañana en mi casa.

Al llegar de trabajar, instintivamente subí al quinto, a casa de Ana. Al darme cuenta de que me había equivocado, pensé que quizá valía la pena intentar hablar con ella, convencerla de que lo nuestro era posible, pedirle perdón por haber empeñado un anillo suyo al que tenía mucho cariño. Pero no tuve fuerzas, me fallaron. Unos segundos antes me había cruzado con Simón en la calle, muy cerca del portal, y maldije cada centímetro de su cuerpo. Él era el único obstáculo que me separaba de la felicidad. ¿Sabe? Eso es desesperante. Sientes tanta impotencia que empiezas a perder el juicio, a no reconocerte en tus actos, un demonio se mete en ti, y en tu cabeza, y no deja que pienses en otra cosa. Intentas distraer al demonio con cualquier cosa, pero vuelve y vuelve y te golpea y termina por poseer hasta el último rincón de tu mente.

Justo cuando iba a apretar el botón del ascensor para subir a mi casa, escuché a alguien golpear con los nudillos una puerta y una voz responder. Doña Margarita se había desorientado y Ana la ayudó a entrar en su casa. ¿Qué hacía Ana en mi casa? ¿Por qué había subido? Lo pri-

mero que pensé es que se había armado de valor y abandonaba a Simón para huir conmigo hacia una vida nueva. Pero dos días antes nos habíamos cruzado en el ascensor y su expresión era de tanta indiferencia que parecía que nada hubiese cambiado de lo escrito en la carta recibida en la que ponía fin a nuestra relación.

No sé la razón, pero bajé en el ascensor hasta la portería y salí a tomar el aire. Entonces, otra vez el demonio, otra vez la cabeza, otra vez los monstruos. Volví y subí los siete pisos por la escalera de servicio, abrí la puerta muy despacio y la encontré sentada en la cocina. Se asustó mucho, sobre todo al verme la cara. Mi cara ya no era la que ella acariciaba con ternura cada mañana. Los demonios de los que le hablo son capaces de transformar cualquier rostro.

—¿Qué haces aquí?

—Vaya susto. ¿Por qué entras por detrás, Héctor? ¿Qué te pasa? Tienes mala cara.

—No quería que nadie me viese.

—¿Y eso?

—Porque depende de lo que me hayas venido a decir haré una cosa u otra.

—Me estás asustando.

—Dime que has dejado a Simón y que vienes a quedarte en mi vida para siempre. Y que la carta fue un error.

—¿Qué carta? No te he escrito ninguna carta.

—La carta en la que ponías punto final a todo y pasabas página. Me decías adiós en un pedazo de papel. ¡Joder, en un pedazo de papel!

—Yo no te he escrito esa carta, Héctor. Pero sí vengo a decirte adiós en persona. Se acabó, no puedo seguir viviendo así, no puedo engañar más a Simón, no merece esto. Y vengo a decirte por favor que busques otro lugar donde vivir. Me falta el aire cuando te tengo cerca, cuando coincidimos en el ascensor, y el corazón se me acelera cada vez que salgo a la calle y pienso en si me cruzaré contigo. Vete, Héctor, no puedo, no quiero verte más.

Después de aquellas palabras yo ya no era yo. La miré y por primera vez el sentimiento de amor absoluto se mezcló con el odio más visceral. Intenté acercarme a ella, pero fue retrocediendo hasta entrar en mi habitación.

—Aquí hemos sido felices, en esta cama, en estas cuatro paredes. ¿No lo recuerdas? No ha sido hace tanto.

—Sí, Héctor. Claro que lo recuerdo, pero quiero a Simón y creo que lo quiero todavía más después de lo nuestro. Necesito intentarlo ahora que todavía no es demasiado tarde, nos unen muchas cosas. Por eso, por favor, si me quieres, aunque sea un poco, olvídame, perdóname y márchate lo más lejos posible.

La cogí por la cintura para intentar besarla, no entiendo todavía la razón. Ella intentó zafarse y yo la acorralé contra la pared. Le supliqué una oportunidad. Ana sólo me pedía que por favor la dejara o empezaría a gritar. Estaba seguro de que no quería llamar la atención para no descubrir al vecindario nuestra historia. Su futuro con Simón pasaba por eso.

Sabrá, si no se han cambiado y, si no, mire las de mi piso, porque a pesar de vivir en él mi sobrino, todo sigue igual, que las ventanas son algo bajas, como las de la escalera principal. Ana se apoyó en el borde de una y en ese forcejeo se precipitó al vacío. La vista se me nubló y no recuerdo muchas más cosas. El estruendo del cuerpo cayendo, los ojos de doña Margarita clavados en mi cara y el sonido de un despertador. Siempre he vivido con el temor a que ella me descubriera, pero su enfermedad le impidió decir nada. De alguna forma, los hechos son bastante parecidos al final de tu novela, todo sucedió de forma parecida, pero sin la violencia que demostró Aranda. En este final hay un hombre enamorado y desesperado; en el tuyo, un cerdo engreído.

Hui a toda prisa por la misma escalera por la que minutos antes había entrado con la esperanza de recuperar a Ana. Nadie me vio salir, la portera lloraba en el patio de luces delante del cuerpo sin vida de la mujer que me había hecho perder el sentido. Caminé sin rumbo, enloquecido, consciente de que al llegar de nuevo me esperarían varias preguntas. El tal Garrido que tan bien describe en la novela —a este no le ha cambiado el nombre— siempre sospechó de mí; Tamargo, una compañera suya, me interrogó varias veces, pero no había ninguna prueba. Limpié cualquier huella del paso de Ana por el piso. Y así ha ido pasando el tiempo.

No cuento esto con ánimo de nada. Ese crimen, que yo no considero crimen, ha prescrito. Pero ¿sabe una cosa? Me estoy muriendo, no me quedarán más de seis meses y quería, de alguna manera, confesar ese secreto que me atormenta cada segundo de mi vida, esa vida que dejó de serlo aquella maldita mañana. Héctor.

El taxista que me llevó a la calle General Sánchez Íbero me contó que esa calle era la única de Madrid que incumplía la regla de que todas las arterias de la ciudad empiezan a numerarse en el punto más cercano a la Puerta del Sol, como había quedado oficializado en 1834 para tratar de poner un poco de orden en el caos en que se había convertido la urbe. Dejé de escucharle a mitad de conversación, porque donde sí había caos era en mi cabeza. Garrido me había citado en su casa después de que yo hubiera insistido mucho en verle. Vivía en el número 6, en un modesto piso con lo imprescindible. Me hizo un café y me dijo que había leído la novela, pero que no le había gustado mucho.

—Al final te has inventado un asesino. Ya te dije yo que te hacía falta un malo, pero me parece que has escogido la opción más fácil. Fue por lo que te dije de Aranda, ¿verdad?, lo de que igual se había intentado sobrepasar con Ana alguna vez. Fue eso lo que en tu mente lo convirtió en el asesino. No te has complicado mucho. Sabes perfectamente que él no tuvo nada que ver, estaba en otro sitio a esa hora y lo demostró. Pero los escritores sois así, se os enciende una bombilla y os saltáis detalles. Claro, como es literatura, o ficción, pues nadie va a pediros explicaciones. Al menos has cambiado todos los nombres. Bueno, casi todos, a mí me has dejado igual. No creas que me importa, nadie se dará cuenta.

—Disculpe que no se lo cambiara, pero su personaje no era de los fundamentales o de los que luego podían buscarme un lío. Y es verdad, usted me dio el final de la novela en bandeja. Necesitaba terminarla y entregarla y sin asesino no había nada que hacer. Así que gracias por su pequeña y ficticia contribución.

—Ya, pero eso de que llama a la puerta, ella abre y él la chantajea con contar lo suyo con Héctor es, no sé explicarlo... Es obvio. Esperaba otro final, la verdad. ¿Sabes? Yo creía que ibas a dar un giro y hacer que fuera el bueno de Simón el asesino.

—Esa fue mi primera intención, pero terminé empatizando con él. Un escritor debe intentar ser neutral con todos sus personajes, pero le cogí cariño, así que lo exculpé. Además, tenía una coartada perfecta.

—Ya... Pero ¿y si por casualidad fue del periódico a su casa, subió por la escalera de servicio, cometió el crimen y se marchó rápidamente a la Biblioteca Nacional? Tardaron un poco en localizarle allí. Vete tú a saber, quizá se había enterado de la aventura de su mujer. Y el cartero, un cartero asesino también podría haber sido un buen golpe de efecto. Imagina que estaba enamorado en silencio de ella, que le escribía cartas que nunca recibían respuesta. Lo que te digo es que te agarraste a un clavo ardiendo, a un personaje que no desarrollas prácticamente nada en todo el libro. No me gustó, ni eso ni que inventaras cosas como una compañera de investigación para mí. La tal Tamargo y sus técnicas importadas. En aquellos tiempos, sólo se importaba tabaco.

Garrido me estaba dando un buen repaso a la novela y, en parte, llevaba razón. La desesperación había hecho que nombrara asesino a toda prisa al primero que dio indicios de tener algún ligero borrón en su personalidad. De hecho, la presencia de Aranda en la trama tuvo que verse inflada artificialmente para que, llegado el momento, el lector, al menos, supiese de quién estábamos hablando. En fin, sabía que era un final no demasiado brillante. La lástima es que no podía cambiarlo y añadir la confesión que tres días atrás me habían escrito en el cuaderno de dedicatorias.

—¿Y qué tal van las ventas? ¿Se convertirá en un *bestseller?* —añadió Garrido.

Me eché a reír.

—¡Me conformo con que no está siendo un desastre! De todas formas, ya no se venden libros como antes. De todos modos, Garrido, yo quería enseñarle una cosa, no crea que he venido sólo para hablar de mi novela. Mire, lea lo que pone en este cuaderno de firmas que me entregaron después de un acto de promoción en Ávila.

Garrido se tomó su tiempo, le fue cambiando el gesto y, al terminar, exclamó:

—¡Qué cabrón! ¡Qué hijo de puta! Siempre fue el principal sospechoso, nunca me fie de él. No tenía una coartada de peso, pero tampoco nada que le incriminara. En el interrogatorio se mostró bastante frío y nunca confesó que tuviese una relación con la muerta. Y lleva razón, el crimen ha prescrito, han pasado más de treinta años. ¡Hijo de puta! ¡Que se le nubló la vista, dice! En fin, al menos conozco la verdad. Oye, pues esto te da para una nueva novela. Mira, puedes escribir una diciendo que te equivocaste con el asesino anterior. ¿Y dónde dices que te escribió la confesión?

—En Ávila. Pero ya he consultado en la guía teléfonica, he buscado en internet, he preguntado en hospitales y nada, ni rastro de Héctor. Probablemente, fuera desde otra ciudad para no dejar huella.

—Pues nada, hijo, caso cerrado. Desde luego, hubiese sido un final mucho más redondo para tu novela.

—Sin duda, sin duda.

EPÍLOGO

El 20 de septiembre de 2014, Simón volvió a recordar a Ana en las páginas del periódico.

Ana, treinta y un años sin ti. He ido apuntando las cosas que podríamos haber hecho en todo este tiempo, los lugares que podríamos haber visitado, las instantáneas que habríamos hecho. «Instantáneas». Siempre me ha gustado más esta palabra que «fotografías». Refleja mejor la capacidad de detener el tiempo, de congelar un instante. Yo viviría siempre contigo en aquella instantánea frente al cuadro del Museo del Prado. ¿Sabes, Ana? Mi vida sigue llena de instantes que ya fueron, que ya viví, porque en todos estás tú. De ellos me alimento aunque sean borrosos.

Te quiere en cada momento, a cada instante,

Simón.

1983
Héctor
Honorio y Margarita
Profesora de francés
Simón y Ana
Amalia y Cristina
Marcos
Guillermo
Noelia
CALLE DE ALCALÁ
2013
Actor
Honorio
Periodistas
Profesora e hija
Simón
Amalia y Cristina
Guillermo
Noelia

GRACIAS

A mi madre, hermanos y resto de la familia. A mi padre, espero que lo disfrutes allá donde estés.

A Ruth, que me ha hecho el mejor regalo imaginable.

A mis amigos.

A mi editora, Belén, y a todo el equipo de Espasa, que tan bien me cuida.

A los que confiaron en la *La vida a veces* y a los nuevos lectores que os incorporáis.

Sin todos vosotros nunca sería verano.

La primera edición de este libro se terminó de imprimir en los primeros días de 2015, un año en el que, según el Instituto Nacional de Estadística, habría más muertes que nacimientos. A este tipo de crecimiento se le denomina «crecimiento vegetativo» y no se producía desde la Guerra Civil o la gripe española. Una de las muertes de principios de 2015 fue la de Simón Hurtado. Su obituario apareció en un periódico. Le calificaban como un brillante articulista con una mirada diferente sobre la realidad, con una imaginación desbordante y una capacidad innata para combinar palabras que, a priori, uno nunca hubiese osado juntar. El artículo lo debía de haber escrito alguien que le había conocido bien. Se adentraba en su infancia y en la influencia de su padre para que él se hubiera dedicado al periodismo. El obituario terminaba con una frase maravillosa: «Pero, por encima de todo eso, Simón fue siempre un hombre enamorado».